W0063482

Aus Freude am Lesen

btb

Buch

Julia, eine alternde Journalistin, fährt mit dem Auto ein letztes Mal nach Griechenland. Ihre Reisebegleiter: ein Reclambändchen mit der «Odyssee» und ein Essay des französischen Philosophen Jean Baudrillard, der über die Zerstörung von Geschichte nachdenkt. Im Dialog mit beiden Texten, die Ursprung und Ende der abendländischen Kultur reflektieren, versucht Julia eine Bilanz ihres eigenen Lebens zu ziehen. Jeder Kilometer ihrer Reise läßt sich real nachvollziehen, doch als am Olymp einer der Unsterblichen, Ganymed, Menschengestalt annimmt und ihre weitere Route bestimmt, erhält die Reise eine neue Dimension: Mythos und Gegenwart beginnen zu verschmelzen.

Margarete Hannsmanns Roman nimmt ein klassisches Motiv auf: die Griechenland- und Antikenbegeisterung der Deutschen. Aber längst hat eine alles gleichmachende Kultur auch die letzten Winkel der Erde erobert, hat von unserem Denken, unseren Wünschen und Hoffnungen Besitz ergriffen.

Autorin

Margarete Hannsmann ist am 10. Februar 1921 in Heidenheim an der Brenz geboren und dort aufgewachsen. Ihre Arbeiten umfassen Lyrik, Hörspiele und Prosa. Im Albrecht Knaus Verlag erschienen von ihr «Der helle Tag bricht an. Ein Kind wird Nazi», «Pfauenschrei. Die Jahre mit HAP Grieshaber» und «Tagebuch meines Alterns». Die Autorin lebt seit vielen Jahren in Stuttgart.

Margarete Hannsmann bei btb
Tagebuch meines Alterns (72053)

Margarete Hannsmann

Bis zum abnehmenden Mond

btb

Umwelthinweis:
Alle bedruckten Materialien dieses Taschenbuches
sind chlorfrei und umweltschonend.

btb Taschenbücher erscheinen im Goldmann Verlag,
einem Unternehmen der Verlagsgruppe Bertelsmann.

1. Auflage
Genehmigte Taschenbuchausgabe Oktober 1999
Copyright © 1998 by Albrecht Knaus Verlag, München,
in der Verlagsgruppe Bertelsmann GmbH
Umschlaggestaltung: Design Team München
Satz: Filmsatz Schröter GmbH, München
KR · Herstellung: Augustin Wiesbeck
Made in Germany
ISBN 3-442-72594-1

Für S. und B.

Inhalt

I Absage

Sie wollte aus der Welt verschwinden. Ihren Namen hatte sie schon aufgegeben. Doch ohne Rechenschaft vor sich selbst abzulegen, blieb sie blockiert, also kontrollierte sie noch einmal die Umrisse ihres Handelns und Wandelns, um vor dem großen WARUM bestehen zu können. Das Altern hatte sie längst abgeklopft, die kleinen Verweigerungen des Körpers, die sich ausdehnten, gehörten ins Abseits, damit hatte sie fertig zu werden. Ihre letzte Rundfunksendung, in der sie alte Menschen befragte, hat die ganze Skala zwischen Depression und unverwüstlicher Lebensbejahung beleuchtet. Damals begann ihr Rückzug.

Befreundet waren wir nicht. Fremd waren wir uns auch nicht, doch unsere Sympathien reichten nicht aus, du zueinander zu sagen. Als sie bemerkte, wie immer öfter sich immer weniger abrufen ließ aus ihrem Gedächtnis, fing sie an, Zettel zu schreiben, wie man sie zum Einkaufen schreibt oder zum Kofferpacken, überall lagen sie herum, und Bleistifte, bis aufs Holz abgenützte, frischgespitzte, für Kritzeleien, Flüchtiges, kaum entzifferbar neben exakten Notaten, Zitaten, in der Stube, im Garten, in der Küche, die meisten am Bett.

Als sie zu ihrer Reise aufbrach, hatte sie mir ihre Schlüssel gegeben. Ich sollte mich in ihrem Garten zu Hause fühlen. Seit Efeu und Waldrebe die Herrschaft angetreten hatten, gab es nichts mehr zu gießen. Wenn dich die Zettel stören, wirf sie weg, hatte sie gesagt.

26 333 mal ist die Sonne aufgegangen ist es Nacht geworden
108 volle und schwarze Monde
ihre Verwandlungen zwischen A und Z
292mal wiederholten sich Frühling Sommer Herbst Winter
der Vater starb im Mai die Mutter starb im August 37 Jahre danach
der tote Bruder die tote Tochter der tote Ehemann
der tote erste der tote dritte der tote vierte Geliebte verwesen
Augen Leiber Körperteile der Toten in Bombenkellern auf Straßen in Wäldern neben Bahngleisen live immer live
mein Jahrhundert mein blutiges Jahrhundert
das blutigste aller Jahrhunderte
Die Karte der Todesarten ist reichhaltig wie die Speisekarten der Völker untereinandergeschrieben
Das reicht doch
Als reichte das nicht
mich ausgesetzt mich hingehalten allem was die Jahrzehnte an Verheißungen Drohungen Strafen Erfolgen für eine Deutsche bereithielten
durchgeführt woran ich glaubte

genug durchgeführt für meine Heimat
genug für mein Vaterland Mutterland
genug gegen den Stachel gelöckt
genug der inneren Stimme gehorcht
genug den Tod konterkariert
jetzt ist ER an der Reihe
das kurze deutliche Klingeln der Hausglocke in der
ersten Morgendämmerung
aufschrecken und durch den Garten laufen
aber der Briefkasten ist leer
bis ich begriff es ist der Tod
Reportagen Artikel Features Essays kreuz und quer
durch Zeitungen Zeitschriften Rundfunk
Jahr um Jahr mal 4, 5, 7, 11 / Druckerzeugnisse /
Sprecherzeugnisse
wie die heißen zu kalten Kriegen wurden
Nachkriegszeiten zu Vorkriegszeiten
Studentenrevolte / Blumenkinder / Stadtguerilla /
kranke Wälder / gestorbene Wälder / verschwundene Pflanzen / verschwundene Tiere / verschwinden-
de Völker / das Polytechnikum in Athen mit den roten Nelken im Gitter / Fußballstadion von Santiago
de Chile / Verklappung von Menschen aus Flugzeugen / Verklappung von Giftmüll aus Schiffen / Gedichte über Napalm Agent Orange / Overkill das un-
faßbare Wort mutierte zum Trostwort / wie sich das
alles vermischte mit Buchenwald Dachau Bergen-
Belsen Himalaja-Antarktis-Tourismus
Was ich suche hängt zwischen Spinnennetzen

in meinem Gehirn in meinem Archiv nistet Verfall

Das Wort Ökologie gab es noch nicht / Das Wort Ressourcen gab es noch nicht / das Wort Lebensqualität gab es noch nicht / Das Wort Holocaust gab es noch nicht

Aber ich habe doch Schritt gehalten mit der Entwicklung der Medien

Das Freundschaftshaus im verschneiten Sumpfwald vor Wyhl

Von Sender zu Sender um einen Kameramann gebettelt

Erst als das Kernkraftwerk nicht gebaut wurde konnte der Film auf dem Bildschirm erscheinen

Als ich gelernt hatte wie das geht folgte ein Dokumentarfilm dem anderen

Einer über Mutlangen einer über Ravensbrück

Sartre der nach Stammheim wollte

Folteropfer in schwedischer Spezialklinik

Der siebte hieß Die Tschernobyl-Kinder

Das ohne Bedarf kanalisierte Altmühltal

Nestos-Delta soll Ackerland werden

Darum darum darum gab ich nicht auf

Trotz der verlorenen Stunden morgens bis mein Körper bereit ist zu tun wozu er einst drei Minuten brauchte

Trotz der stündlich verlorengehenden Wörter Sätze

Leitlinien: Wandelt sich rasch auch die Welt wie Wolkengestalten …

Gelassen stieg die Nacht ans Land … wie weiter von
wem
Welcher Tag ist heute
Die zunehmende Verweigerung der Schreibhand /
lirum larum Löffelstiel / alte Weiber essen viel / junge müssen fasten / Brot das liegt im Kasten / Messer liegt daneben / ei was ein lustig Leben

Ihren Vornamen wollte sie nicht mehr hören. Die Ju-
lia-Jahre waren vorbei. Jede dritte Romanfigur hieß
derzeit Julia. Im Buch der Vornamen fand ich jedoch
keinen, den ich ihr hätte geben wollen. Sie selbst hat
vergeblich darin nach einem neuen für das Drittel
ihrer Psyche gesucht, das nie zu den anderen zwei Drit-
teln passen wollte. Als es regnete, war ich ins Haus
gegangen. Zettel, weiß, grau, braun, wasserfleckig, ver-
gilbt, aus Packpapier, Einkaufstüten gerissen, Rück-
seiten von Briefen, die jeden Autographensammler
verzweifeln lassen, doch keine Zeitungsränder mehr.
Zeitungen hatte sie längst alle abbestellt. Der erste Sep-
temberregen trommelte gegen die Scheiben. Plötzlich
hatte ich Lust, Julias Fährte zu finden, ihr auf den Pelz
zu rücken, auf Entdeckungsreise zu gehn, ob sie aufhören würde, sich gegen den Strich zu bürsten.

Ohne Selbstmitleid Platz um Platz räumen / Freige-
ben für den Lauf des Lebens: die jungen Dynamischen die anders sprechen sich anders bewegen nicht
weniger ihr Leben riskieren / Aber die Wörter stim-

men nicht mehr / die Wörterheimat der frühen der mittleren Jahre / Plattgewalztes Kernland der Wörter / Internationalisierung der Wörter / Je weniger kostbare übrigbleiben desto rascher fallen sie darüber her / Der reißende Strudel der neuen Wörter / mein Gehirn verschließt sich für eine innovative Sprache / mein Gehirn hat genug zu tun verschüttete Wörter auszugraben um meine Seele füttern zu können /

Gute alte Entropie gutes altes Maximum

Es hätte nicht ausgereicht genug davon zu haben

Es hätte nicht ausgereicht Jean Amérys Rechtfertigung nachzuahmen

Aber das Trommelfeuer der lautlosen Implosionen hinter den Verkleidungen / Wie sie das Jahrhundert in sich zusammenstürzen ließen / Wie rasch es die neuen Maschinen entsorgen können noch bevor es sich zu Ende geröchelt hat / Das Wort Entsorgung unterschiedslos für lebende tote Materie / Das Wort Entsorgung als Leitfossil /

ich halte die roten Nacktschnecken nicht mehr aus / Was treibt sie an den Hauswänden emporzukriechen bis unters Dach

ich halte den Hundekot in den deutschen Großstädten nicht mehr aus

Bücher Bilder Musiken Theater diese Sättigung durch sechs Jahrzehnte / Wie es wirbelt um mich wie es mich in die rotierende Trommel reißt / ich verwechsle die Namen die Städte die Länder die

Dichter / *Endspiel* zum dritten- und letztenmal wer
bietet mehr / *Paare, Passanten, Penthesilea* / Brecht
Shakespeare Sophokles als dürfte ich nicht abtreten
als wäre es nicht höchste Zeit nachdem ich meine
Götter ausspeien möchte / Ersticken am Wieder-
gekäuten Erbrochenen / ich kann nicht neugierig
sein wie Handke ob und wie es weitergeht mit uns /
Nichts / Nichts von alledem was sich andeutet nähert schon eingetreten ist / ich will nicht verfügen
lassen über mich / ich will nicht geschehen lassen
mit mir was soeben geschieht / ich will es selbst be-
stimmen / handhaben in der Hand haben / Kein
Mensch soll ohne Beistand von dannen gehn / Jedermann findet im Abfall so vieler ausgedienter Re-
ligionen was ihm frommt
Nicht mehr durch den Staub Nietzsches Heideggers
Adornos in ihren Pyramidengräbern kriechen
Während ich noch herumstochere in der verrotten-
den Utopie wird schon das Sozial-Kapital auf die
oberste Schicht geworfen / Winken mir Müllmän-
ner aus Frankreich zu die Bescheid wissen mit dem
Recycling: Glucksmanns Zitatentrost seine Emphase
kommen zu spät für mich / Bourdieu will sein Gegenüber einbeziehn es gewinnen als Soziologe / Pu-
rist Baudrillard ist kein Werbender schleudert seine
Thesen ordentlich geordnet in mein Hirn / Was sie
dort anrichten ist meine Sache

Julia hatte Ordnung gemacht bis auf die Zettel; der Kühlschrank war abgetaut, ausgewischt, keine Tasse, kein Teller, kein Glas standen herum, keine austreibende Zwiebel, keine Kartoffel fand ich im Abfalleimer, auf dem Küchenregal etliche Vorratsbüchsen, Flaschen, nichts weiter. Im Gartenhaus, mühsam durch die glitschigen Nacktschnecken balancierend, fand ich die Kiste mit Schreibmaschinen, Recorder-, Mikrofon-Generationen, wie viele Kilo schwere Geräte, zerstört von den säurehaltigen Batterien, dazwischen die armbanduhrkleinen Kassetten, hineingekippt wie im Zorn, obenauf der geschenkte Schreibcomputer, verbogen, zerbeult von Hammerschlägen, und ihr wichtigstes Utensil, die kleine mechanische Reiseschreibmaschine, die ihren Platz im Auto hatte. Darübergestreut ein heilloser Wirrwarr herausgerissener verknäuelter Tonbänder, Magnetspulen, mit was für Stimmen, welcher Musik. Ich kehrte ins Haus zurück, fing an, die Zettel aufzuklauben, entzifferte hier und dort einen Satz. Vieles erschien mir als Selbstironie, Ingrimm. Dann fiel mir auf: Die gelben Zettel, Querformat, mit dem Klebestreifen, vom Block, die wir haßten, weil sie den Briefwechsel ersetzten, wiederholten sich. Ich separierte sie, vielleicht fand ich Spuren, Ursachen für ihr «Aus der Welt verschwinden wollen», Gründe, die «ausgereicht hätten, genug davon zu haben», wovon niemand sich überzeugen ließ, der Julia kannte.

Der technisch betriebene Umbau der Welt
Die bereits eingetretene Verdoppelung der Welt durch Computertechnologie, Internet, Cyberspace, On-line, Infoline, Borderline, Simulationsmöglichkeiten für jedermann von allem Existierenden und Nicht-existenten
Herzaustausch / Hirngewebstransplantation
Lernen mit vielen hundert Fernsehprogrammen und Abermillionen von Seiten im World Wide Web um-zugehn ohne abzustumpfen
Neue Bewußtseinskultur für die Zeit wenn dem Menschen der Status der Person und des Individu-ums aberkannt wird
Natur contra Kunst = Künstlichkeit statt Natur
Die konkrete Wirklichkeit wird im neuen Jahrtau-send verschwinden / Ersatz für Erde Ersatz für Was-ser Ersatz für Feuer Ersatz für Luft / Die Anbieter des sinnlich Erfahrbaren und die Empfänger werden nur noch eine operationelle Größe bedeuten
Global global global
Recycling läßt Neues erstehen damit es recycelt wer-den kann
Meine Nachfolger im Hamstertretrad die immer noch glauben es sei nicht vergebens
Der als überlebensnotwendig sich herausstellende Dualismus mit einem anderen Gegenüber als dem metaphysischen
Keine Kreatur mehr sein wollen / Unter die Stufe des Tieres geraten / Objekt das man ruhigstellt in-

dem man ihm während des Programmierens eingibt
Subjekt zu sein
Einst Gottes Ebenbild
Mein letzter Dokumentarfilm *Die Erschaffung des Men-
schen in den Legenden der Völker* / Meine Jagd auf die
Schönheit das Grauen der Abbildungen
Mein letzter Drehort die Bucht auf Kreta wo Pro-
metheus die Lehmklöße formte und Gaia Abschied
nahm von ihm als sie atmen konnten
Jetzt muß ich im Sessel sitzen und zusehen wie Mag-
ma ins Meer fließt und alles von vorn anfängt
Trilobiten im Kambrium-Meer
der Burgess-Schiefer in den Rocky Mountains
Wenn er sich spaltet treten Adam und Eva die sich
selbst erschufen ans Licht
Mein Neid auf den Frieden in den Gesichtern jun-
ger Paläontologen jahraus jahrein über Präparate ge-
beugt / Organismen die vor viertausend Millionen
Jahren im Wasser schwammen
Ohne Gedächtnisgehirn für Urerfahrungen
Ohne Sisyphos Ikaros
Odyssee Reclamheft kaufen

Julia ist weg. Ihre Zettelwirtschaft widerspricht ihren
sparsamen, stets korrekt bezeichneten Zitaten in ihren
Texten, Funkfeatures, Fernsehdokumentationen. Julia
gehört zu den wenigen, die Kraft aus den sich in dieser
Dichte nie mehr wiederholenden Irrtümern gesammelt
haben. Warum sollte sie nicht die Kraft haben, mit ei-

nem schönen Traum sterben zu können? Aufbruchs-
kraft, wofür wir sie bewunderten, als sie noch Antrieb
war für Veränderung. Im leeren Papierkorb lag Jean
Amérys *Hand an sich legen*, durch Unterstreichungen
und Eselsohren ruiniert, wie ich noch nie ein Buch bei
Julia sah. Ich begriff, es hatte ausgedient. Bedeckte es
mit den aufgeklaubten Zetteln. An der Küchentür hing
ein Mondkalender mit unverständlichen Farbstiftmar-
kierungen. Überm Bett ein Zettel: Nicht in den Städten sterben nicht in den Wohnungen nicht in einer Kli-
nik. Einmal sprachen wir über Sexualität im Alter. Julia erledigte es mit zwei Sätzen: Nadine, mein Körper
verfällt, es ist nicht fair, daß mein Schoß funktioniert,
daß meine Seele weiterblüht. Das einzige, was mir bei-
steht, ist die Vernunft, an die ich immer mehr Rechte
abtrete.

Julia hatte das Telefon abgemeldet. Ein Dutzend fo-
tokopierte Briefe verschickt, daß sie auf eine lange Reise gehe. Daß es ungewiß sei, wann sie wiederkomme.
Daß es sich nicht um Krebs handle noch um ein heim-
liches Leiden, sondern allein um die Krankheit des zu
Ende gehenden Lebens. (Was keiner von Euch hören
will! Jeder versucht auf seine Weise, nicht zu sterben,
warum nicht ich auf die meine.)

Julia rüstete das Auto für ihre Reise durch sorgfälti-
ges Weglassen, Speziallandkarten gen Süden, die nicht
im Handel sind, etliche Musikkassetten, wachpeitschen-
de, besänftigende, das gelbe, das grüne Taschenbuch, eines vom Anfang, eines vom Ende, als einzige Drucker-

zeugnisse. Keine letzten Blicke. Mechanische Vorbereitungen, ihr Körper war einigermaßen trainiert, sie war frei, die Zeit gehörte ihr, eine Matte für Bodenübungen, die hinter Dornbüsche, Felsbrocken paßte, sie mußte beweglich bleiben für den langen Weg, der das Ziel sein soll. Arthrosis deformans im rechten Knöchel nach einer verpfuschten Operation hinderte sie an Bergwanderungen, hatte ihr eine neue Liaison ohne Schmerz mit dem Auto beschert. Doch jetzt erzähle ich, was ich nicht wissen kann. Ich, Nadine, verabschiede mich; die, die namenlos sein will, soll für sich selbst sprechen.

II Aufbruch

Der Morgen ist da, grau wie fast alle in diesem Jahr, beim Drehen des Zündschlüssels hüllt eine längst verloren geglaubte Lust mich ein. Gut, daß die Route gleich quer über die Alb führt, wo mir seit jeher Flügel wachsen, südwärts, südwärts, auf Nebenstraßen, Einübung, so viel als möglich Pässe, Joche zu überqueren, Touristenzentren zu umfahren, den Großraum Alpen, nie ein Thema für mich seit jener Radfahrt nach dem Krieg, etliche nebenbei erfüllte Sehnsuchtsfetzen ausgenommen, treff ich also an wie erwartet, wie sie vor dreißig Jahren schon abzusehn warn, die Folgen, laß den Trotz, du bist nicht mehr Julia, bring dich zum Schweigen, folg deinem Augengedächtnis, Firn, Fels, Blau, Blumen, Bäume, Gewässer, ohne Ekstasen, halt nicht an, steig nicht aus, keiner verkrümmten Arve zulieb, keinem Arnikastengel, wink ihnen zu, der Wirtin auf dem Flüelapaß, Trafoi, Gomagoi, adieu, adieu, keinen Thomas-Bernhard-Augenblick in Stilfs, keinen Kaffee auf dem Joch, hinab, hinab zur Mondnacht in Bozen.

Ich habe nicht schlappgemacht, keine Nacht eingelegt, wie ich vorhatte, mit einer großen Anstrengung wollte ich nichts mehr repetieren, alles zurücklassen hinter dem Alpenmassiv: Das Wort war wie eine Bürgschaft. Aufbruch, Abbruch sind überstanden. Was vor mir liegt, ist Verheißung, falls es mir gelingt, über den Schatten zu springen: So ihr nicht werdet wie die Kindlein. Aus welcher Ferne kommt dieser Zuspruch, Kindheit bedeutete vor allem Natur. Also «zurück zu». Vergiß den Hohn, überlaß dich dem Kind, das du warst, als dich Wälder und Felsen und Steppenheiden, Höhlen, ein mäandernder Fluß in Zustände versetzten, die du nach der Pubertät fürchten lerntest. Als Normalität das Gebot war. Nicht mehr stürzen, steigen in außerirdischem Tempo, in absolutes Schwarz ohne Angst, nicht mehr fliegen können über die Stadt, wenn man den Absprung vom Burgfelsen wagte.

Wenn nichts mehr weiterging, wenn die Kraft dich verließ, wenn die Häusermenschen in Depressionen verfallen, tat sich dir die Möglichkeit deiner Herkunft auf, in siebzig Jahren gesammelte Augenblicke: Naturmythos, Naturmystik, verborgen, verbergend, damit der Spott sie nicht beschädige. Leidenschaft für das kreatürliche Leben. Wird die Natur mir noch einmal helfen? Dort, wo alles belebt ist, wo ich die Götter kenne, wo ich sie anrufen kann wie nirgendwo sonst, am Ursprung, im Urland der menschenbildenden Mythen? der Moiren.

Noch einmal dieses Hotel, die abscheulichen Bilder der Laurin-Legende, noch einmal speisen im Belle-Epoque-Saal unter Kristallüstern, Stuck und Stoffen, Seezunge, Seeteufel, kreischende Ladys, goldkettchenbehangene Männerhälse, Kahlköpfe mit fettigen Zöpfen im Nacken, erst danach zwinge ich meiner Er-

schöpfung noch ein Bad zwischen den Adern der grünen Marmorwände ab, Spiegel können mich nicht
mehr kränken, lang genug die Verfallsstadien meines
Körpers studiert, bis ich die Spiegel beherrschen lernte: Sie werden zu Fensterglas, sobald ich nackt bin.

«In Ihrem Zimmer 405 finden Sie eine Zeichnung
zu Friederike Mayröcker (1991) von Markus Vallazza.»
Das Abschiedsomen hängt überm Bett, «Das Herz-
zerreißende der Dinge», gegenüber der Holzschnitt
«Rialtobrücke 1908», tschüs mein liebes Jahrhundert-
chen, ich werde dich nicht mehr in den Mund nehmen,
ruh dich aus von meinem Jubel, meinem Geheul, als
ich den Lichterglanz löschen will, endlich die für den
heutigen Tag berechnete Mondsichel nach Neumond
durch die Flügeltüren des Balkons ins Zimmer lassen,
finde ich weder Schalter noch Knöpfe, nur ein Käst-
chen am Bett, zarte Leuchtsymbole, stilisiertes Design,
mühsam zu entschlüsseln, kaum berührt, öffnen sich
Schlösser, Türen, reagieren Fernseher, Minibar, ein
Dutzend Beleuchtungskörper auf alle Helligkeitsstu-
fen, «please not disturb» vermutlich in dreisprachiger
Leuchtschrift, *Draußen vor der Tür*, Borchert, Wolfgang,
starb 1947, als wir zu leben anfingen, ich komme nie
wieder Laurin, in Bälde wird eine künstliche Hand mit
silbernen Gliedern Champagner, Morphium, Zyanka-
li servieren, sobald der Gast das Piktogramm anblickt.
Verschwinden, bevor irgendwo eine Zoom-Taste mich
einverleiben kann, dem der sie drückt. Bevor sie mich
auslöschen kann, für den der mich los sein will.

Obwohl ich die langsame Straße über die Dörfer nahm, bin ich schon angekommen. Es ist Sonntag. Fürchte ich mich? Das Auto steht auf dem Parkplatz am Terminal. Noch zwei Stunden bis zur Tortur der Einschiffung.

Geh über die Brücke. Einer der kleinen Plätze liegt leer unter drei Bäumen im Halbschatten der Mittagssonne. Drei Stühle, ein runder Tisch, der Wirt bringt Salat, Gemüserisotto, Mineralwasser. Reiß dich zusammen, nichts fehlt, was du brauchst, nach vierzig Jahren Vergeßlichkeit, Scherereien, ist der Handtascheninhalt komplett, auch das kleine gelbe, das kleine grüne Buch, deine Begleiter, haben noch Platz darin. Zu spät, über Sinn oder Unsinn dieser Reise zu grübeln, bevor der Vorhang fällt, sollen Anfang und Ende sich decken. Lenk dich ab, lies.

Im grünen Rhombus mit weißen Buchstaben *Die Illusion des Endes* oder *Der Streik der Ereignisse*; im Innern ist Baudrillards Buch so zerschunden wie Amérys *Hand an sich legen*, ob ich mich räche an der lebenslangen Heiligkeit der Bücher, indem ich sie endlich benutze?

«Es geht in der Tat um die Herstellung einer Unsterblichkeit der Gattung *in Echtzeit*. Wir glauben schon lange nicht mehr an die Unsterblichkeit der Seele, an die Unsterblichkeit in aufgeschobener Zeit. Wir glauben nicht mehr an eine Unsterblichkeit, die eine Transzendenz des Endes, eine intensive Besetzung von Finalitäten im Jenseits und einen symbolischen Umgang mit dem Tod voraussetzt. Wir wollen mit allen Mitteln die unmittelbare

Verwirklichung der Unsterblichkeit [...] Wir wollen diese Unsterblichkeit hic et nunc, das Jenseits des Endes der Echtzeit, *ohne das Problem des Endes gelöst zu haben.* Denn es gibt kein Ende in Echtzeit, keine Echtzeit des Todes.»

«Nenne mir, Muse, den Mann, den vielgewandten, der vielfach
Wurde verschlagen, seit Trojas heilige Burg er zerstörte.»

Das gelbe Buch fällt zu Boden, es begleitet dich nicht, um deine Nervosität zu zügeln, du spielst deine Rolle schlecht, die Stille dröhnt von meiner Angst. Angst vor den Schlangen an den Schaltern, stempelnden Hafenbehörden, Trillerpfeifen, Panik in hundert Gesichtern, während ich eingeklemmt zwischen Wohnwagen, Trucks, Pkws, Zentimeter um Zentimeter das Auto auf den mir zugewiesenen Platz im Schiffsbauch auf Biegen und Brechen rangieren muß, obwohl ich den Hals nicht mehr wenden kann, Johann Jakob Wendehals, du skandierst ja, während die Hände zittern, kein Partner, kein Kamerateam wird mich umsorgen, mein Gepäck die steilen Treppen hochtragen, il conto per favore.

Ich trotte in Schlangenlinien durch flirrende Hitze zum Hafen und benutze die letzte Gelegenheit, das Zugemauerte endlich aufzumeißeln: Warum ich mich hier einschiffen, warum ich im ersten Hafen des griechischen Festlandes ankommen muß. Venedig sehen wollte ich nie, und sterben auch nicht bei seinem Anblick, am Tag, als ich fünfundsiebzig wurde und alle nichtsalzhaltigen Wasser eine dünne Eisschicht trugen, während die Taube vom Campanile herabschwebte, um den Carneval zu eröffnen, als die Glocken läuteten, Fanfaren bliesen, als die Freunde mich verloren trotz der Krone aus Pfauenfedern über der Halbmaske, die mich größer erscheinen ließ, als zwei Hände plötzlich die meinen ergriffen, eine schwarz- und eine weißbehandschuhte für einen halben Tanzschritt lang, als das Gesicht über mir Jugend und Glück des Daseins verhieß, als es im Getümmel den Kopf drehen mußte und mir seine Abgründe darbot. Als ich mich losriß. Als ich ins nächstbeste Taxi floh, das mich über die Wasser brachte, wo die Freunde den Tisch bestellt hatten in Torcello, doch ich wußte nicht, wo. Als ich beim Aussteigen taumelte in das Licht aus Meernebel und Sonne, in die gewaltige Stille. Als meine Hände zum zweitenmal von der weißbehandschuhten, der schwarzbehandschuhten Hand ergriffen wurden: Da war keine Wahl, als mich ihnen zu überlassen. Januskopf. Maske? Haut über der Haut? Die haarfeine Linie inmitten markierte mein Leben aus Elend und Glück, eine winzige Wendung, und mich umfing die gesammelte Schönheit aus den Götterbildern der Maler. Hatten die exzentrischen Freunde es inszeniert? Bewußtseinstrübung? Das Kännchen Tee? Kerzen brannten beim gemeinsamen Frühstück im menschenleeren Saal des alten Palazzo – mein gelegentlich provozierender, nie ganz ernst gemeinter Wunsch, bevor ich sterbe, ein einziges Mal Haschisch oder Marihuana, Meskalin, Peyotl kennenzulernen?

Hinter dem Ponte del Diavolo auf Torcello war ein Tisch gedeckt, auf der brennenden weißen, der schwarzen Kerze klebten farbenvertauscht eine Sieben, eine Fünf, keine Spur einer Erinnerung, was ich aß, trank, ob ich die Freunde vermißte, nichts existierte als zwei meergrüne Augen, Liebreiz, Lächeln des stummen Gegenübers. Beim Espresso wagte ich ihn anzusprechen, wurde am Handgelenk gepackt, zur Mole gezogen, der Januskopf ging jetzt rechts von mir, das linke Auge blitzte Haß, der halbe Mund – warum fiel ich nicht wie ein Stein ins Meer? Der schwarze Zeigefinger deutete durch die letzten Strahlen der Sonne mit ausgereckter herrischer Geste auf etwas, das ich nicht wahrnehmen konnte, nicht wahrhaben wollte, es gehörte nicht hierher: der Lilienprinz auf dem knossosroten Turm des vorüberziehenden Schiffs: Minoan Lines auf dem Rumpf

Das Schiff, an das du dich nicht erinnern willst, Meisterin des Verdrängens, Vergessens und des Gedächtnisses, Lethe, Mnemosyne unablässig Vertauschende, legt jetzt, sechs Monate später, ab, und ich bin an Bord. Drei Stunden sind vergangen. Ich bin unbeschädigt. Das Auto steht in der engsten Nische auf dem niederträchtigsten Platz, zweimal um die eigene Achse gedreht, zu langsam die steile Schräge hinaufgehoppelt, schon wurde sie hochgezogen mit mir über die Ladeebene der Trucks. Der Steward brachte mich zur Kabine. Ich wollte nicht zurück ins Getümmel. Rasch noch zum Schalter, zweitausend DM wechseln, dort, wo ich hinkommen werde, stehn keine Banken am Wegrand, die Drachme wiegt anders als Plastikkarten. Und danach, Julia? Du hast deine nicht abgeschlossene Tür geöffnet, ein Luftstoß wirft dich zurück, du nimmst die Umrisse einer Hand wahr, gegen dich ausgestreckt, du bist im falschen Gang, vor der falschen Kabine, du wirst nicht berührt, es ist nichts geschehn, was rennst du davon

Sowieso will ich nicht an die Reling, wo tausend sich drängen, die Parade abzunehmen, Front, Silhouette der Superlative, Triumph der Architektur zwischen Himmel und Wasser, nicht zu kopierende Harmonie, unablässig wechselnd Licht, Schatten, blassestes Strahlen von Farben, Steinkörpern, gleichgültig überlasse ich die Ekstasen der Dichter, Maler, ihr Jauchzen, ihre Melancholie, den Nachgeborenen, der Ausschnitt meines Kabinenfensters genügt, es ist die richtige Seite, adieu schönes Licht auf der noch immer nicht versunkenen Stadt, wenn die Lagune hinter uns liegt, wenn die offene Fahrt beginnt, wenn ich Europa abgeduscht habe von mir, wird der Mond aufgehn, der Juli hatte zwei Vollmonde, dreizehn das Jahr anstatt zwölf, fünfmal im Jahrhundert, ich falle in Schlaf, gewiegt von der Bewegung des Schiffs, alle Überreizungen hinter mir, widerfährt mir das Glück eingebildeter Traumlosigkeit

Der Wecker läßt sein Piep-Piep-Piep in meine Bewußtlosigkeit tropfen, es ist noch Nacht, nur das schmale Schaumband der Schiffswellen schimmert in der schwarzen sonst unbewegten See. Ich fahre in die Kleider. Ein paar Schlucke Tee sind noch in der Thermoskanne. Die nächstbeste Tür nach draußen öffnen. Mich durch die schlafenden Menschenbündel schlängeln, von einer Ebene zur anderen steigen, irgendwo backbord den Platz finden, wo ich allein bin, mit dem Rücken im Plastikstuhl gegen die Wand, keine Sicht verdeckt von Rettungsbooten, der Himmel ist klar, ohne zu frösteln warten auf die ersten Streifen Helle im Osten, die bald aufgehende Sonne soll meine letzte sein überm Meer, (*Nenne mir, Muse*) das Licht nimmt zu, Eos schlüpft rasch auf das Lager eines Sterblichen, den Fluch Aphrodites zu erfüllen, führt dann mit ihren Rosenfingern die Nacht hinab, den Tag empor, bevor Helios seine Rosse antreibt, ein Stern nach dem andern erlischt, nur der hellste will nicht weichen.

«Elfter Gesang», sagt eine Stimme neben mir:

«Als wir nun aber hinunterkamen zum Schiff und dem
        Meere,
Zogen zu allererst wir das Schiff in die heilige Salzflut,
Legten ins schwarze Schiff den Mast hinein und die
        Segel,
Nahmen die Schafe und schifften sie ein und stiegen
        dann selber
Auch an Bord …»

Ich bin wach, ich halluziniere nicht, die Stimme – tropfender Honig, ins Totenreich tropfend, während ihr Klang Schritt für Schritt mich in seine Abgründe führt, gliederlösender und versteinernder Wechsel, Gongschläge, Vers um Vers, weiß ich doch, was Odysseus gleich dem Alkinoos erzählen wird

«Da ergriff ich die Schafe, und über die Grube sie
    haltend,
Schnitt ich die Kehlen durch, und das Blut, das schwarze,
    verströmte.
Da versammelten sich aus der Tiefe die Seelen der
    Toten,
Bräute und junge Männer, und Greise, die vieles
    erlitten,
Und jungfräuliche Mädchen, die frische Trauer im
    Herzen,
Viele Verwundete auch, von erzenen Waffen getroffne
Männer, gefallen im Kampf, mit blutbesudelter Rüstung.
Deren viele umschwärmten die Grube von hier- und
    von dorther
Mit unendlichem Schreien; da packte mich bleiches
    Entsetzen.»

Ich reiß mich aus der Betäubung, wende den Kopf, das Phantom ausfindig zu machen: Neben mir sitzt eine Gestalt, von der ich zuerst nur die Stirn erblicke, eine ganz reine, schimmernde Stirn, glatt, ohne Spuren des Lebens unter nußbraunem Haar, kurz, sanft gelockt, ich zögere, meine Augen auf den sprechenden Mund gleiten zu lassen, reiße sie weg, wie soll ich diesen Mund aushalten, das Phantom ist ein Mensch, sterblich, unsterblich, einerlei, in den Händen mein gelbes Buch, nach jedem Vers blicken die grünen Augen mich an, ohne im Text zu stocken, damit ich die Augen nicht schließe, das Feuer in mir um sich greifen kann, hören, hören, der Rest ist Atmen, die Sonne löscht eben den Morgenstern, der Alterslose von Anderswoher wird nicht ohne Grund mit dem Elften Gesang beginnen, weiß er, wohin ich mich aufgemacht habe?

«Aber da kamen zuhauf die tausenden Scharen der
    Toten
Mit unsäglichem Lärm; und bleiche Furcht überkam
    mich …»

Wie soll ich meine Zeit verlassen, rauschlos in welcher Ekstase, überschüttet mit seligem Grauen, grauenvoller Glückseligkeit, die Geschichte des Lebens und des Sterbens auf dieser Welt hat begonnen, wie sie zu enden scheint, der Jünglingsmann, der Männerjüngling hat sich aufgelöst, ich kippe im Halbschatten in den Schlaf, wie war das doch mit dem Vögelchen, das alle zehntausend Jahre am Diamantberg vorüberkam, um sein Schnäbelchen zu wetzen …

Am Selbstbedienungsbuffet finde ich Essen. Mittag, der Tag auf dem Meer vergeht, die Sonne wandert, im Osten lange Zeit die gebirgige Küste, Jahrzehnte Bollwerk gegen Westen, Symbol tödlicher Bedrohung, kein

Fischerboot, kein Schiff ließ sich blicken, ob die hungrigen Skipetaren jetzt von der UN ernährt werden, meine Gedanken arbeiten an der Vertreibung dieser Stirn, dieser Augen, dieser Stimme des Frühmorgenphantoms.

«Jede politische, geschichtliche oder kulturelle Tatsache wird mit einer kinetischen Energie versehen, die sie aus ihrem eigenen Raum herausreißt und in einen Hyperraum hinausschleudert, wo sie jeglichen Sinn verliert, da sie niemals wiederkehren wird. Dazu braucht man nicht auf Science-fiction zurückgreifen: mit unserer Informatik, mit unseren Schaltkreisen und Netzen verfügen wir von jetzt an, hier und jetzt, über einen Teilchenbeschleuniger, der endgültig die Umlaufbahn, auf der die Dinge einen bestimmten Bezug zueinander hatten, zerstört hat. Was die Geschichte betrifft, so ist ein Nacherzählen unmöglich geworden, da es sich per Definition *(re-citatum)* um das mögliche Zurückverfolgen eines Sinns handelt. Jedes einzelne Ereignis wird durch einen totalen Verbreitungs- und Zirkulationsschub freigesetzt – jede Tatsache wird zum Atom, wird nuklear, und folgt ihrer Bahn ins Leere. Damit sie bis ins Unendliche verbreitet werden kann, muß sie wie ein Partikel in Einzelteile zerlegt werden. So kann sie eine Geschwindigkeit der Nichtwiederkehr erreichen, die sie endgültig aus der Geschichte entfernt. Jeder kulturelle Zusammenhang, jedes Ereignis muß in seine Einzelteile zerlegt und zergliedert werden, damit es in die Schaltkreise integriert werden kann. Jede Sprache muß in binäre Einheiten zerlegt werden, damit sie nicht mehr in unserem Gedächtnis, sondern im blitzschnellen elektronischen Arbeitsspeicher von Computern zirkulieren kann. Keine menschliche Sprache kann sich der Lichtgeschwindigkeit widersetzen. Kein Ereignis kann sich der weltweiten Verbreitung widersetzen. Keine Bedeutung entgeht ihrer Beschleunigung. Keine Geschichte widersteht der Zentrifugierung der Tatsachen oder ihrer Kurzschließung in Echtzeit ...»

Ich bin auf die eindunkelnde Ostseite des Schiffes gewandert, will die Lichter von Korfu nicht sehen, die Phäakeninsel ist aufbewahrt in mir, «Ans Meer mit ihrer Wäsche geht / Nausikaa ...» Paris 1992 steht unter dem Foto von Jean Baudrillard, *Die Strategie der Auflösung, Der Tanz der Fossilien*, meine Augen versuchen im Abendrot, den Frühmorgenvorleser zu beschwören. «Reisende nach Igoumenitsa, geben Sie bitte Ihre Kabinenschlüssel an der Rezeption ab, und begeben Sie sich zu Ihren Fahrzeugen.» Alles ging ganz leicht, hell und heiter und warm ist es, als ich die griechische Erde betrete.

In einem Tavernengarten, schon am Rand, schon nicht mehr ausgeleuchtet von den taghellen Lichtern des Hafens, keine Gäste, nur die Familie feiert, wie ich es nie anders sah, Abschied von dem Enkel aus München, er bittet mich an den langen Tisch, die Frauen rücken zusammen, am oberen Ende sitzt der Greis mit dem weißen Schnurrbart, dem Stock, am unteren Ende regiert der Sohn die Tafel, nach Mitternacht liege ich im Hotelzimmer eines alten Hauses zwischen zwei Kinderbetten, ich muß die Sonne aufgehen sehn, wenn ich das Auto ins Pindosgebirge hinaufschraube

Es geht rasch, als werfe ich einen Mantel ab, alles liegt hinter mir, der eben geborene Tag springt aus der Erde, handgreiflich, kein Zerfließen im Meer, gestützt, emporgehalten von dem sich immer weiter öffnenden Rund, ein Kontinent aus Bergrücken, bei jeder Drehung sich ablösend, Tiefe, Höhe sind eins, steil und sanft, Erde, Fels, Vegetation im Urzustand, für den ich aufgebrochen bin, wo soll ich mich festhalten, wenn das Bewußtsein schwindet, noch klammere ich mich ans Lenkrad, da wächst das Sonnensegment vor mir in seiner festgeschriebenen Geschwindigkeit, der Feuerball schleudert sein Rot in die Runde, gibt dem weißen Morgen die Farben des ersten Schöpfungstags, verspricht, es bleibe so bis zum letzten, jetzt muß das Lenkrad mich festhalten, die schmale Straße hat keine Bucht, auch wenn ich so sterben möchte, ist hier nicht der Augenblick für den Orgasmus der Heimkehr, ich suche nach einer Musikkassette, die Gewalt der Schönheit zu mildern, da überqueren die ersten Ziegen, felsabwärts hüpfend, die Fahrbahn, schwarze, geliebt, mit gewundenen Hörnern, vor der Kurve schon seh ich die Hand, sanft zwischen Lenkradrand und meinem Blick Vorsicht gebietend – kaum sind die Tiere jenseits verschwunden, macht die Hand eine ebenso sanfte Vorwärtsbewegung: Zieh an, gib Gas, der Platz neben mir ist leer, beim drittenmal klappere ich mit den Zähnen im Rhythmus von Kindermelodien, das half, wenn ich müde war, doch ich bin jetzt hellwach, was soll das, ich kenne die plötzlichen Kurven, die plötzlichen Ziegen, den plötzlichen Einfall, Musik zu brauchen, den plötzlichen Steinschlag auf dieser Straße, als sie gebaut wurde vor einem halben Jahrhundert, was will diese Hand, was greift da ein, der Rastplatz, ein paar Stühle, einen *café greek, metrios,* aber du wolltest doch, daß etwas eingreift, daß vieles eingreifen muß, damit dein überholtes Verständnis von Welt sich zum Kreis schließt mit deinen frühesten bewußten Wahrnehmungen Fluß, Heide, Fels, Sommer, Herbst, Winter, Frühling, allein, inmitten des Schweigens der *Unio mystica* mit der Natur, von selbst, selbstverständlich, jederzeit sich ereignend, wenn du aus dem Haus liefst mit fünf, sechs, sieben Jahren, dein größter heimlicher Besitz, den du nie ganz verlieren konntest. Nicht in den Städten sterben. Nicht unter den Augen der Menschen sterben. Du zitterst, du heißt Julia, du willst nicht sterben, du bist nicht bereit, du gehörst nicht zu denen, die Gesichte haben, würdest du sonst noch leben?

Baudrillard; ich konzentriere mich auf die Wörterspirale im grünen Rhombus des Rückendeckels mit den immer kleiner werdenden weißen Buchstaben, ich dreh das Buch so lang um die eigene Achse, bis meine Hände still geworden sind, bis mein Gehirn die Wörter aufnimmt: «Es ist unglaublich, daß nichts von dem, was man geschichtlich für überholt hielt, wirklich verschwunden ist, alles ist da, bereit zur Wiederauferstehung, alle archaischen Formen sind unversehrt und zeitlos vorhanden wie Viren im Innern des Körpers. Die Geschichte wurde nur aus der zyklischen Zeit herausgerissen, um dem Recycling zu verfallen.»

Ich steige ins Auto, setze zurück auf dem freien Platz, meine gebremste, von der Geisterhand gebremste Energie entzweit mich, es kracht, der Stamm der Steineiche, die ich nicht sah, hat den Kofferraum zerbeult, doch er läßt sich öffnen, schließen, also weiter auf meiner Straße nach Osten, hier brauche ich weder Karte noch Uhr, wo ich ankomme, wann, wird sich finden

Im letzten Augenblick biege ich ab, meinen Tribut zu entrichten. Es ist noch früh in Dodona, vielleicht bin ich allein, nirgendwo kann ich besser beten um günstigen Verlauf meiner aberwitzigen hochmütigen Expedition. Das Talbecken tut sich auf, umstanden von der Gebirgskulisse, ältester Orakelort, vergebliches Warten auf Erleuchtung, Zeusberg Tomaros, senkrecht, in Kinderschuhn, hing ich im Fels, wo die griechischen Mädchen, Rauschkraut kauend, in die Tiefe sprangen, um den Türken nicht in die Hände zu fallen. Orakel unter den Flügelschlägen des Adlers, das wenigstens erfüllte sich jedesmal. Ich setze mich unter die Eiche, betrachte, wie vierzig Jahre den Sprößling verwandelten; die wievielte Orakeleiche wird in vierhundert Jahren noch standhalten, wenn keiner sie fällt. Langsam gelingt es mir, mich ganz leer zu machen. Der große Vogel senkt sich vom Tafelberg herab, gleichzeitig höre ich neben mir: *Zwölfter Gesang.*

Die Stimme vom Schiff, jetzt wie der Morgenwind raschelnd in den Blättern des heiligen Baums, honigtropfende, drohende Verse, Kirke verkündet, was Odysseus bevorsteht, und wie er, ihrem Rat folgend, mit List im Gesang der Sirenen sich windet – wieder lassen die meergrünen Augen nicht von mir, dieses Mal nimmt die Ephebengestalt zwischen Jüngling und Mann an Körperlichkeit zu, seine Hand hält das gelbe Buch: Wenn die Gefährten die Rinder des Sonnengotts schlachten, erfahre ich durch die Modulation der Stimme bereits, daß es keine Hoffnung mehr gibt; die sattgefressenen Männer segeln im günstigen Westwind, als Zeus seinen Blitz schleudert und sie vernichtet: «... Und trieben ums schwarze Schiff wie Krähen des Meeres / In den Wogen herum; ein Gott nahm ihnen die Heimkehr ...», da wird die Stimme zu berstendem Eis, ich muß weiteratmen unter dem Eichbaum, in gleichzeitiger Vermessenheit Moira bittend, wo nicht einmal Zeus ein Einspruchsrecht hat, diesen Augenblick unfaßlichen Wohlbefindens den letzten sein zu lassen. Homer gibt Antwort: Scylla, Charybdis; mit gespreizten Fingern in Augenhöhe fährt die zartgliedrige Hand, der ich jetzt schon gezwungen war zu vertrauen, auf mich zu, innen gegerbt wie Leder, saugt mich an, schließt sich zur Faust, wiederholt in dieser einfachen Bewegung während des Lesens sehr langsam Ausspeien, Einschlürfen der Charybdis; danach belebt er mich mit dem Wort *Kalypso*: «... die mächtige redebegabte / Göttin, die mich geliebt und gepflegt ...», um danach seine Zunge mit Dornen zu überziehn: «… es ist mir zuwider, / Das schon deutlich Gesagte ein zweites Mal zu erzählen.» Da kommt der erste Bus um die Kurve, sein Touristeninhalt ergießt sich, wird mit dem Schrillen der Trillerpfeife um die Fremdenführerin versammelt, ein zweiter Bus voller Studenten schwärmt aus

Ich fahre zurück auf meine Gebirgsstraße, erreiche den Kataras-Paß, drücke auf den elektrischen Fensterheber, sofort schieben die Scheiben sich wieder hoch, es wird heißer, ich glaube es nicht mehr ertragen zu können, öffne das Stückchen Schiebedach: Der, den ich neben mir sitzen fühlte, ist weg. Hinfort also geduldig durch die Stunden des Tageslichts fahren, auf jeden Luftzug verzichtend. Kalambaka, Trikala, nirgendwo Feigen, ich kaufe eine Netzmelone, die Aprikosenzeit ist vorbei, Weintrauben, Pfirsiche vertrage ich nicht. Durchhalten, bis das Meer, das andere, meins, die Ägäis, das Ägäische Meer, erscheint. Zunehmend erschöpfter arbeite ich mich durch die Urlaubsdörfer, Siedlungen, Klubs, die veränderten Strandführungen, kein Schutz vor dem allgegenwärtigen Wort *beach*, kein Hotel ohne lauerndes Personal, viel zu gering das Menschengetümmel für den wachsenden Aufwand, der sich bezahlt machen soll und nicht will, häufiger als je zuvor enden die Straßenstücke vor Barrikaden: privat. Paß auf, du bist nah an dem Punkt, wo aus Erschöpfung Panik wird, die National Road zieht dich mit sich fort, Thessaloniki ist nicht mehr weit – im letzten Augenblick die erlösende Tafel: Litohoro. Links abbiegen. Das Dorf von einst, bergauf überm Meer, an die Enipéus-Schlucht geschmiegt, ist ein Städtchen voller Turbulenzen geworden, Hotels, Sommerfrische für Griechen, Ausgangspunkt für Bergsteiger aus vieler Herren Länder, Lichterketten, Fast food, Discos, der Disneyland-Virus hat sich eingenistet, du brauchst ein Bett, Julia, eine Dusche – ich will anhalten, da legt sich die Hand aufs Lenkrad, ohne es zu berühren, zeigt auf die Tafel, ein Pfeil mit gebogener Kurve rechts: Olympos Refuge. Ist er wieder da, ist er immer noch da? Fahr, du mußt es, behutsam in weitschwingenden Kurven aufwärts durch dunkle Wälder, zwischendurch läßt der jetzt glasklare Himmel die Gipfelgruppe aufscheinen, hinter der die Sonne versinkt, reiß dich noch einmal zusammen, Julia, seit der Morgen-Ekstase sind zwölf Stunden vergangen, was immer dein Unsichtbarer im Sinn hat, es ist genug, du bist nur ein Mensch.

Das solide Haus, winterfest, geräumig, auf kahler Kuppe, etliche Autos, wo die Straße zu Ende geht, Rucksackwanderer, Sprachengemisch, Kühlung suchende Griechen von unten, eine Terrasse, Suppe, Hähnchenbrust, ob ich ein Bett brauche. Der Herr der Refuge führt mich nach hinten, ein Sälchen mit sechzehn, eins mit acht Betten, für mich ist noch Platz im Viererzimmer, adrett, frischbezogen alles, ein junges Paar aus Neuseeland, weg, nur weg will ich, nicht wandern, nicht bergsteigen, niemand eine Geschichte, meine, erzählen, der Schein, mein Schein trügt, ein Zimmer für mich allein, ein Hotel, in Litohoro, wissen Sie eins? «Enipéus», sagt der Wirt. Es ist Nacht, in der Tiefe überall funkeln die Lichter, eine endlose, kaum sich wölbende Küste markierend, die ihren schmeichelnden Arm um ein Meer legen möchte, das hier erst beginnt, ich spüre, daß ich frei bin, allein, er ist weg, ich lache, ein kurzes Meckern, er braucht keinen Schlaf, er ist schon hinaufgeflogen, ich habe ihn ja fast bis nach Hause gefahren, endlich darf der Wind durch vier offene Autofenster blasen, durchs Dach, ich brause hinab, old Satchmos Trompete läßt mich durch Kurven fegen wie seit vierzig Jahren, sobald ich mir einbilde, am Ende der Kräfte zu sein. Unter meinem Zimmer rauscht das Nachtleben von Litohoro, ganz Griechenland ist jetzt auf den Beinen, das Hotel gegenüber heißt Aphrodite

Mein Bett vibriert in der ersten Morgendämmerung, ich bin noch nicht ich, taumle auf den fußbreiten Balkon, nicht weit entfernt von den Balkons gegenüber, die Straße darunter kaum breit genug zum Ausweichen, Baufahrzeuge, Busse, Lieferwagen, Motorräder, deren Aufheulen jeden Lärm übertönen soll, nutzlos, mich noch in den Schlaf zu bohren; im heißen Wasser, das Frühstückstee sein soll, versenke ich noch zwei Beutel, schon den Badeanzug unterm Kleid, finde den Bäcker wie eh und je, wo meine Nase und meine Augen das aus dem Ofen gezogene Brot verschlingen, den Sesamkringel bezahlend, wird mir das Blech hingehalten, meine sichtbare Begehrlichkeit führt zu Kostproben von frischem Gebäck, Anis, Kardamom, Kerne, Nussiges, immer noch ist mein griechisches Frühstück, halb im Laden, halb im Auto, überraschender als jedes Vier-Sterne-Buffet – hab ich schon angefangen zu vergessen, weshalb ich hier bin? Die nächste Begierde gilt dem Meer, hinab, wo es schimmert, mitten hinein in die Baustellenwüste, Investitionsabenteuer-Gelände zwischen National Road und Strand, ich gerate zwischen Gräben, Schächte, Rohre, Kabel, Planierraupen, Preßlufthämmer, Bagger, Betonmischmaschinen, bis das Labyrinth keinen Meter mehr vor- oder rückwärts freigibt. Arbeiter kommentieren das Schauspiel mit Gelächter, befreien mich, fordern kleine Meisterstücke im Rückwärtsfahren, wer kann schon wissen, wie verbraucht meine Halswirbel sind. Zum «beach» schicken sie mich Richtung Thessaloniki, immer zucke ich zurück beim Namen dieser Stadt, ich habe sie zu Ende gelebt, sie hat mich besessen, entgegengesetzt finde ich ein Stück Platanenwaldküste, eine Toreinfahrt ‹Sylvia-Camping›, laß das Auto stehn, vor dem Zaun, diesen Platz haben die Spekulanten noch nicht an sich gebracht, vorsichtige Schritte hinein in das Wunder, wenige Menschen, etliche Wohnwagen, Zelte unter den Bäumen, alles wie vor dreißig Jahren. Darf ich hier schwimmen gehn? Ich will auch bezahlen – der junge Chef sagt deutsch: Bitte, seine Armbewegung schenkt mir das Ägäische Meer, die Treppe, zwischen Feigenbäumen, Quitten, Platanen, aus dem Fels gehaun, führt zum Kieselstrand, zum Sandstreifen davor, weit und breit kein Mensch, nichts mehr als Stille, ich tauche ins Weiche, Glatte, Warme, hast du an diesen Augenblick geglaubt? Dreh dich endlich um, du bist längst weit genug draußen, hast nicht zurückgeblickt, jetzt ist der Gongschlag fällig: Hinter der felsigen Küste, über den Baumkronen, von der Morgensonne verklärt, erhebt sich das Massiv des Olymps, kein Himmelskörper, Erdengestein, in weißer Glut aus dem Blau gestanzt. Hier könnte es sein, könnte es gelingen, schwerelos, körperlos, meine Bleibe, mein Ort, gleichzeitig in der Tiefe und oben. Ich schwimme zurück, die Sonne steht hoch, auf der Terrasse des Platzrestaurants, auch dort allein, bringt mir ein junger Mensch Salat, griechischen Kaffee, das grüne Buch, das ich wohl vergessen hatte: Ich bin Baudrillard, meinem Reiseveranstalter, etliches schuldig geblieben; der letzte Bleistiftstrich auf Seite 16:

«... auch hier haben wir die Grenze überschritten, an der die Geschichte als solche durch die minutiöse technische Aufbereitung von Ereignissen und Informationen aufhört zu existieren. Häufige Direktübertragungen, Spezialeffekte, Nebeneffekte, *fading* – und der berühmte Rückkoppelungseffekt, der in der Akustik durch eine zu große Nähe von Tonquelle und Aufnahmegerät zustande kommt und in der Geschichte durch eine zu große Nähe und somit durch die verheerende Überlagerung eines Ereignisses und seiner Ausstrahlung – ein Kurzschluß zwischen Ursache und Wirkung, so wie zwischen dem Objekt und dem experimentierenden Subjekt in der Mikrophysik (und in den Geisteswissenschaften!). All das hat eine radikale Ungewißheit zur Folge, was das Ereignis betrifft, so wie zu viel Klanggenauigkeit eine radikale Ungewißheit zur Folge hat, was die Musik betrifft [...]

Gerade durch die Überfülle an Information kann die Geschichte verschwinden. Gerade durch HiFi kann die Musik verschwinden. Gerade durch das Experimentieren kann die Wissenschaft ihren Gegenstand verlieren. Gerade wegen der Pornographie kann die Sexualität verschwinden. [...]

Dieser *vanishing point*, vor dem es Geschichte und Musik gegeben hat, kann definitionsgemäß nicht mehr ausgemacht werden. Wo soll die Perfektionierung der Stereoanlagen aufhören? Die Grenzen werden ständig weiter verschoben, denn sie sind Grenzen der Technikbesessenheit. Wo soll die Information aufhören? Gegen diese Faszination durch die ‹Echtzeit›, dem Gegenstück zur *high fidelity*, kann man sich nur moralisch wehren, und das hat nicht viel Sinn.

Die Überschreitung dieses Punktes kann somit nicht mehr rückgängig gemacht werden [...] Wir werden die Musik vor dem Stereo nicht mehr wiederfinden [...], wir werden die Geschichte vor der Information und den Medien nicht mehr wiederfinden. Das ursprüngliche Wesen der Musik und das ursprüngliche Konzept der Geschichte sind verschwunden, weil wir sie nicht mehr von ihrem Perfektionierungsmodell trennen können, das zugleich ihr Simulationsmodell ist ...»

Genug, du kannst hier nicht einschlafen, wirf die alte Sirtaki-Kassette mit dem abgewetzten Band in dein

Autostereo, laß dich hinauftanzen, fahrtwindgekühlt, bis zur Refuge-Kuppe, du hast keinen Mahner, nimm die Decke mit, hinter der Kuppe geht es wenig bergab bis zum Rand aus Buchen, Kiefern, am Steilwald, such eine schattige Mulde zwischen den Wurzeln, polstere sie mit der Decke aus, mach die Augen zu, erwarte nichts, erwarte alles... dieser *vanishing point*... so könnte es funktionieren... aber die Imponderabilien...

Ich wache auf: «*Dreizehnter Gesang* / Des Odysseus Abfahrt von den Phäaken und Ankunft in Ithaka» – kein Erschrecken mehr, die undeutliche Gestalt neben mir an den Baumstamm gelehnt existiert nur, damit ich die Stimme vernehme, damit dieser Mund Wort für Wort meinen Augen Vertrauen einflößt:

«So sprach er; aber die, stumm waren sie alle und
    schwiegen,
Noch vom Zauber gebannt ringsum in den schattigen
    Hallen.
Aber Alkinoos sagte darauf und gab ihm zur Antwort:
‹Da du, Odysseus, kamst in mein Haus, das
    hochüberdeckte
Mit der ehernen Schwelle, wirst du nicht wieder
    verschlagen,
Wenn du nach Hause kehrst, soviel du auch früher
    gelitten. [...]›
Als nun der hellste Stern emporstieg, der als der erste
Kommt und das Licht ankündigt der frühgeborenen
    Eos,

44

Kam das meerdurchfahrende Schiff nah hin an die
    Insel [...]
Und die stiegen an Land aus dem wohlgezimmerten
    Schiffe,
Hoben zuerst heraus aus dem hohlen Schiff den
    Odysseus,
Ihn mitsamt dem Linnentuch und der schimmernden
    Decke,
Setzten ihn dann im Sande ab, den vom Schlafe
    Bezwungnen [...]
Sprach's und berührte ihn mit dem Zauberstabe, Athene,
Und ließ schrumpfen die schöne Haut der geschmeidigen
    Glieder,
Tilgte am Haupte die braunen Haare und legte dann
    ringsum
Ihm um all seine Glieder die runzlige Haut eines Greises.
Und sie machte die Augen ihm trüb, die früher so
    schönen;
Warf einen schlechten Lumpen um ihn sowie einen
    Leibrock,
Ganz verschmutzt und zerschlissen, entstellt von
    häßlichem Rauche,
Legte um ihn das abgewetzte Fell eines großen
Hirsches, gab einen Stab ihm und einen schäbigen
    Ranzen,
Einen ganz zerlöcherten, mit einer Kordel als Tragband.
So berieten sich beide und trennten sich; aber Athene
Ging zu Odysseus' Sohn ins heilige Land Lakedämon.»

Weg ist er. Noch eine Weile sinn ich ihm nach und den drei Gesängen, die mit dem Gang in den Hades begannen. Wer sich das ausgedacht haben mag von denen dort oben, Mythikas, Thron des Zeus, Profitis Ilias, Skolio, sie rennen hinauf mit ihren Rucksäcken, junge Bergsteiger, freuen sich ihrer Kräfte, suchen nicht nach Göttern und Göttinnen, so wenig wie ich, als ich dreimal im Leben die obersten Gipfel verfehlte, eine schwarze Wolke, ein einziger Blitz, ein Donner, lang nachhallend in Schluchten und Riffen, genügte, von meiner Vermessenheit abzulassen – ihr Mythos war für mich stets Realität, ich brauchte nicht zu transzendieren. Der luftige, beflügelte Junge aber, wechselnd zwischen Enkel- und Sohnesalter, fängt an, in meinen absterbenden Gehirnzellen zu rumoren, Endýmion, Euphórion, die sind doch längst bei Persephone, keiner der wenigen Nektarschlürfenden käme als Bote in Frage, der Psychopompos selbst hat mich jedesmal ausgelacht, als ich ihm suggerieren wollte, es sei Zeit. In der Refuge Bohnensuppe, Tsatsiki, ich danke dem Wirt für das Hotel in Litohoro, sitze, bis es eindunkelt, bis die Lichter wie gestern aufblitzen, fahre hinab, singend auf einmal

Der Tag fällt spät in die Hotelschlucht, ich bin gerädert vom Lärm der Nacht, den sich übertrumpfenden Motorradprahlhänsen, den debattierenden, schreienden, kreischenden Heimkehrern bis gegen Morgen, wenn schon das neue Treiben beginnt, hatte ich das alles vergessen? Pack deine Tasche, bezahle, fahr ans Meer, im Wasser mußt du einen Ausweg finden, eine

Bleibe, wo du nicht bleiben wolltest, das Land ist so groß und so weit und so leer, in dem du endlich ganz leise für immer verschwinden wolltest

Sylvia-Camping wirkt fast verlassen, ein paar Gestalten zwischen den Bäumen, Aufbrechende, ihr Sommer geht zu Ende, ich frage den Platzherrn, weil ich gestern die Reihe der Häuschen sah, ob er auch Bungalows zu vermieten habe. Schon schließt er eine der Türen auf, ein großes Bett, fast quadratisch, inmitten, sonst nichts. Vor der Tür, auf dem Steinplatz, ein Tisch, zwei Stühle. Gleich danach steht mein Auto davor zwischen Platanen, die Hoteltasche mit dem Nötigsten, versorgen kann ich mich aus dem Kofferraum, für dieses Familienbett also hast du das große, flauschige, violette Leintuch in Tübingen gekauft? Das Meer ist auch heute verlassen, nur ein paar Fischerboote weit draußen, mit den Empfindungen eines Rituals wiederhole ich den gestrigen Morgen: Mytikas, Stefani, Prophitis Ilias, mich umdrehn, erst wenn ich weit genug geschwommen bin. Auf der Terrasse, wieder allein, gefüllte Weinblätter, noch warm, der Wirt will mir Feigen schenken, ich muß beide Hände zur Schale wölben, Baudrillard, während der Feigengeschmack in meiner Mundhöhle verbannte Erinnerungen wecken will, Schierlingsbecher aus Süße und Schmerz:

«Gibt es nicht auch jenseits des Terrorismus im weltweit verbreiteten Hirngespinst der Katastrophe, die heute über der Welt schweben soll, einen Abglanz des Anspruchs auf

47

eine Heilserwartung? Die Forderung nach einer gewaltsamen Erhöhung der Realität, während diese für uns in eine unendliche Hyperrealität entweicht? Denn die Hyperrealität macht sogar Schluß mit dem Datum des Jüngsten Gerichts, der Apokalypse oder der Revolution. Alle vorgesehenen Ziele entschwinden uns, und die Geschichte hat keine Chance, sie zu verwirklichen, da sie inzwischen zu Ende gegangen ist (es ist immer wie bei Kafkas Geschichte vom Messias: Er kommt zu spät, einen Tag zu spät, und diese Verzögerung ist unerträglich).»

Die Duschen des Platzes sind warm, die Toiletten sauber, aber ich will noch eine Weile das Salz auf der Haut haben, wie früher, lecke dran zwischen der Feigensüße, im Bungalow ist es zu heiß für Siesta, an der Uferwand auf den Kieseln gewährt die noch senkrecht stehende Sonne einen körperbreiten Schatten, er genügt, den verdorbenen Schlaf der Nacht nachzuholen. Seit Lesbos bemüht, meinen Körper, das Fleisch, keinem taxierenden Auge mehr preiszugeben, stets ein Kleid, einen Kimono, Pareo zur Hand: Meine eigenen Augen sind unerbittlich, wenn sie Frauen betrachten und die Bilder vom Welken, Verwelken des Fleisches, der Haut, vom Verfall, Zerfall, den die Augen der großen Maler der Schönheit konfrontieren, um sie zu steigern. Es ist ihr Tribut an die Sterblichkeit, ein Ablaßhandel, ein Stückchen erkaufter Ablaß auch in jedem Selbstporträt des Alterns, das gnadenlos zu Ende durchgehalten wird, bis Feder und Pinsel fallen

Wer weiß schon, wie furchtbar Erwachen ist, einerlei wann, wo, wozu, im alten Gehirn; warum hab ich nie einen Menschen gefunden, der seine Erfahrung zu meiner tut, falls er sie hat? Wohl weil das schon zum Sterben gehört, das ohnehin jeder allein bewältigen muß. Rasch die Stufen zur Terrasse hinauf, zwischen Atemlosigkeit und Keuchen, *memento mori* auf Schritt und Tritt, ein Tonic-Wasser, einen Eiskaffee, Baudrillard:

«Die gleiche Verleugnung zeigt sich auch in scheinbar umgekehrten Verhaltensweisen – alles zu einem historischen Ereignis machen, alles archivieren und alles aus unserer Vergangenheit und aus der Vergangenheit aller Kulturen speichern. Ist das nicht ein Symptom des kollektiven Gespürs für das Ende, dafür, daß das Ereignis und die lebendige Zeit der Geschichte vorbei ist und daß man sich mit dem gesamten künstlichen Gedächtnis und mit allen Zeichen der Vergangenheit wappnen muß, um sich gegen die Zukunftslosigkeit und die uns bevorstehenden Eiszeiten zu wehren? Sind die geistigen und intellektuellen Komplexe nicht dabei, sich in den elektronischen Speichern und Archiven zu vergraben und dort zu versinken, um eine unwahrscheinliche Wiederauferstehung anzustreben? Alle Gedanken werden im Hinblick auf das Jahr 2000 vergraben. Sie spüren bereits den Schrecken des Jahres 2000. Sie übernehmen instinktiv die Lösung derjenigen, die sich einfrieren lassen und die man in flüssigen Stickstoff legt, bis man ein Mittel gefunden hat, mit dem sie überleben können.»

Ich komme nicht aus ohne dich, Julia, wer allein ist, braucht dieses Du, dem er zureden kann, damit es ihm zuredet, sonst erlahmt, ermattet er, überall, jederzeit sprach ich mit ihm: du sollst, du mußt, du darfst nicht, Julia, ich kann dich nicht aufgeben, entbehren in dieser extremen Herausforderung, noch bin ich in der Zeit, im Raum, kein Gongschlag wirft mich ins Weltall, ich habe mich überschätzt, Julia, das Pendel zwischen Baudrillard, Homer verhindert das (mystische) Einssein, Inmittensein, den leichten erhofften Tod, da ist nichts als eine alte Frau, die zurückspringt ins Meer, dort erscheinen ihr die eigenen zukunftstrunkenen Enkel, Urenkel, die in vitaler Lust über die Erde toben, denen sie genau so gefällt, wie sie aussieht, sie wollen keine andere, warten auf das Feuerwerk einer Silvesternacht, wie sie nur alle tausend Jahre wiederkehrt, ich vererbe sie euch, es ist *mein* Jahrhundertende, ich will nicht dabeisein, gleich wird die Sonne untergehn, droben, hoch droben, die Kontur der Gipfel purpurn umrandend

Ein Felsblock, groß genug, mich zu verdecken, bis die Tunika übergestreift ist, die nassen Badeanzüge einpacken, die Schuhe gegen Seeigelstacheln, dein grünes Buch, wartest du, Julia? Ich weiß es nicht. Sind drei Gesänge nicht genug? Andererseits, die Odyssee wirst du nie mehr aufschlagen ohne die Stimme, dreimal sind schon zweimal zu viel, von deinem Tag, von deiner Reise ohne Ziel ist nichts geblieben als die Stimme, deine Stunden bestehen aus dem verleugneten Warten auf

die Stimme, sie aber *ist* ja doch wohl der Tag, die Reise, der Sinn, fünfzehn oder zwanzig Minuten lang in
hellster Wachheit außer mir sein, du hast ja schon
Angst, dich fortzubewegen, ohne Homer wird Baudrillard dich aus dem Gleichgewicht bringen
    Vierzehnter Gesang – er sitzt auf dem Felsblock mir ge-
genüber,

«… ihn hatte der Sauhirt
selbst erbaut für die Schweine, derweilen sein Herr in
    der Ferne,
Ohne die Herrin zu fragen und ohne den alten Laertes,
Ganz aus Findlingsblöcken und oben mit Dornen
    umfriedet.
Außen hatte er Eichenpfähle dicht aneinander
Eingerammt, nachdem die schwarze Rinde er abschlug.
Innen im Hofe hatt er ein Dutzend Kofen geschaffen
Nah beieinander, den Schweinen zum Lager; in jedem
    von ihnen
Waren fünfzig eingepfercht der sich sielenden Schweine,
Tragende Mutterschweine; die männlichen lagerten
    draußen,
Viel geringer an Zahl; denn die verminderten ständig,
Sie verzehrend, die Freier; es sandte ihnen der Sauhirt
Immer zum Schmause den besten von allen gemästeten
    Ebern.
Alle zusammen beliefen sie sich auf dreihundertsechzig.»

Er hat gewinkt, bevor er verschwunden war, mit dieser geschmeidigen, eingreifenden Hand, wenn außer ihr nichts sichtbar war, mit schwerem Schritt steig ich die Stufen hinauf, wenn der Knöchel umknickt, kann er nicht wieder repariert werden, den Schiffskatalog der Ilias hatte ich immer parat, das Indiz für Geschichte, Vergänglichkeit, Aufbewahrtsein, aber daß Homer auch die Anzahl der ständig weniger werdenden Schweine benennt, die der Sauhirt einst seinem Herrn übergeben will, ich dusche, spüle das Salz aus den Badeanzügen, vor dem Bungalow links neben meinem eine geschäftige Frau, zwei Töchter, der Vater wartet, bis sie das Abendessen bereitet haben, alles geschieht leise, fast wortlos, es sind jugoslawische Laute, serbisch, ich will es nicht wissen, wir grüßen uns, ihre Gesichter sind sanft, und sie lächeln, als begegne man sich im Paradies, ich nehme die blanken Augen wahr und denke an die hunderttausend verhangenen, in trostlosen jugoslawischen Gesichtern, die mich so lang schon nicht mehr loslassen, denke an die Straße durch diese Länder, als sie noch ein Land waren, das wir jung, ohne Geld für die Schiffspassage, ohne Schranken, Grenzen über Zagreb, Belgrad, Nisch, Skopje, ohne eine Spur Furcht durchfuhren, tagelang zwischen Mais, schwarzen Schweinen, auf dem glatten warmen Asphalt sich paarenden Wachtelkolonien – mein Magen knurrt, Odysseus' Schweine haben mir nach zehnjähriger Enthaltsamkeit Lust gemacht, Stücke ihres Fleischs vom Spieß zu nagen, ich greife zum obersten

Kleid im Kofferraum ohne zu überlegen und geh zur Terrasse.

Der Junge hinter der schimmernden Theke, dem Glanzstück des Platzes, ist vermutlich der Sohn, er gebärdet sich stolz, aber aufmerksam, der Vater verabschiedet zwei aufbrechende Freunde, kommt zu mir an den äußersten Tisch auf der Klippe, fragt mich auf deutsch, was ich essen möchte, seine Frau koche es frisch, ich sei der einzige Gast, und warum ich die griechische Fahne als Kleid trage?

Eine Studentin aus Thessaloniki hat es in einer Nacht genäht und mir frühmorgens ins Hotel gebracht –

Warum?

Was hab ich mir eingebrockt, wie soll ich es ihm erklären: Die Studenten brachten mir auch Gebäck, Blumen, Muschelschalen mit Nüssen gefüllt, Honig, weil, das ist lang her, weil damals, als ich von einem Damals erzählte, das vor jenem Damals lag im Hörsaal der Universität –

Die Universität in Thessaloniki heißt Aristoteles-Universität, sagt der Wirt

Damals, erzählte ich den Studenten, als sie Lambrakis erschlugen an der Straßenecke, wart ihr noch gar nicht auf der Welt. Ich war in jenem Mai 1963 in eurer Stadt. Ich bin nicht gekommen, um euren Bürgerkrieg zu erklären, ich soll euch einen Film vorführen, den ich in Kalavrita gemacht hatte. Er handelt von Deutschland, das deutsche Fernsehen wollte ihn nicht, die Zeit war noch nicht reif, inzwischen bekam Kalavrita eine

Seilbahn geschenkt von den Deutschen, Skilaufen kann man, deutsche Präsidenten, Priester, Kamerateams wetteifern in Wiedergutmachung, die wirtschaftliche Entwicklung floriert, wer keine Arbeit hat, kommt als Gastarbeiter nach Deutschland.

Kalavrita, sagt der Wirt, schaut in die Ferne, die deutschen Soldaten haben dort meines Vaters Bruder erschossen. Deutsche Soldaten haben auch einen deutschen Soldaten erschossen. Der hat die Tür aufgemacht, hinten hinaus, von der Kirche. Darin hat man eingesperrt alle Frauen und Kinder und Feuer gemacht. Wo ich Deutsch gelernt habe, wollen Sie wissen. Gastarbeiter in Gelsenkirchen. Mein Vater war eingesperrt. Gefoltert. Im Bürgerkrieg. Als der Weltkrieg zu Ende war. Er hat griechischen Männern geholfen, weil. Weil sie ein besseres Griechenland wollten. Mein Vater kannte die Verstecke im Olympos. Ganz oben. Und die Verräter. Keiner mehr weiß, keiner will wissen, wer gegen wen. Krieg mit Deutschland vergessen, zugedeckt von unseren eigenen Kriegen. Meine Mutter brauchte das Geld aus Deutschland. Jetzt ist alles vorbei. Hier ist es gut, auch mein Kopf will nichts als ein großes Leichentuch über Vergangenheit.

Der Junge bringt das Essen. Der Vater steht auf, stellt ein Glas mit fast schwarzem Wein vor mich hin, sagt: von mir. Unmöglich zu antworten, ich darf es nicht trinken. Er läßt mich allein, Schluck um Schluck opfere ich während des Essens den Göttern, mit dem Glas nah an die Felskante tretend, damit der Terrassenboden nicht blutet. Dazu singt Theodorakis aus den Lautsprecherboxen im Dachgestänge: *Imaste dio, Nous sommes deux, nous sommes deux, nous sommes trois, nous sommes des milliers,* das französische Flugzeug hatte ihn befreit, seinerzeit, seinerzeit, der Wirt legt sein Bekenntnis für mich ab durch die Musik, ich weiß, wie wenig Wirte sich noch erinnern wollen, bekennen, provozieren durch diese Musik, was hab ich losgetreten, die Steinlawine stürzt auf mich selbst, Tränen tropfen auf das Souvlaki, wenigstens kann ich aufs Meer dabei blicken, es nimmt kein Ende, *N'oubliez pas Oropos, Don't forget Oropos,* dann die Mauthausen-Ballade, verfluchtes Fahnenkleid, Nessusgewand, dem Wirt zulieb, aus dem Damals kriechen unablässig neue Damals, ich hatte sie doch gut untergebracht bei Baudrillard, entsorgt, entsorgt, mein Auto ist mit ihrer Asche gefüllt, aber die Säcke damals verhängten die Hoheitszeichen an der griechischen Grenze bei Gevgelja, aber ich saß auf dem weißen Pferd, das mit tausend anderen weißen Pferden nicht zu Papandreou nach Thessaloniki reiten durfte, aber auf der antiken Agora in Athen der Panzer, aber die Schulkinder standen Spalier, als der Diktator nach Kreta kam, seine Heimatstadt zu besuchen, wie ich bei Adolf Hitler Spalier stehen mußte, damals war, damals ist, damals ist, damals war

Der Wirt hatte sich wieder zu mir gesetzt, war das Essen gut? Gefällt Ihnen Theodorakis?

Aber ich bin doch mit ihm gezogen durch die europäischen Städte, als er befreit war, aber ich habe doch meinen Mut immer wieder an seiner Flamme entzündet, mitsingende, klatschende, tanzende Griechen, im Exil und die Gastarbeiter, füllten die Säle, aber sobald ich mit meinem Mikrofon auf sie zugehe, um sie zu fragen, um ihnen zu sagen *don't forget, don't forget,* drohen sie mir, verschwinden oder jagen mich fort, ich weiß nicht, was ich dem Wirt erzähle, was er versteht davon, aber in Hamburg open air das Konzert für Amnesty International, die deutschen Dichter lesen Gedichte der griechischen Dichter vor, die verboten sind, auf der riesigen Leinwand unterm Nachthimmel leuchten die Bilder von den Verbannungsinseln Limnos, Jaros, Makronissos, heimlich fotografiert, und von der Bouboulinas-Straße in Athen mit dem Gebäude der Sicherheitspolizei, doch der Mann auf dem Podium singt, dirigiert mit Armen wie Adlerflügel, bis alle mitsingen, Herr Wirt, das wurde mein zweiter Fernsehfilm, auch wenn ich Blut und Wunden und Schreie nicht zur Verfügung hatte. Herr Wirt, das gibt es nirgendwo mehr auf der Welt, daß Völker die Texte ihrer großen Dichter singen, Kavafis, Seferis, Ritsos, Elytis, auch Menschen, die nicht lesen und schreiben, das Wunder hat Theodorakis vollbracht, die Volksmusik mit der zeitgenössischen Dichtung verschmolzen, mein Film wurde gesendet, mein Film wurde kastriert, weil ich immer von neuem versuchte, Wahrheit, die Wahrheit einzufangen, ihr Salz auf den Schwanz zu streun, eh sie wegfliegt, aber da ist jener Aufschrei im Saal, aus tausend Mündern, als einer auf die Bühne springt: Der König hat abgedankt, damals, als die sieben Jahre anfangen, sieben Jahre dauern nicht lang, sieben Jahre dauern endlos, noch einmal müssen die Panzer rollen in den Hof des Polytechnikums, immer noch stekken wir Blumen ins Gitter für die Getöteten, sieben Jahre vergehen wie Feuer, sieben Tage in Thessaloniki, in Athen vergehen wie Rauch, Herr Wirt, Herr Wirt, auch wenn Sie längst weg sind, drehen Sie bitte die Musik ab, ich bin doch hier, weil ich vergessen will, überall schwelen neue Feuer, in Chile wird Allende ermordet, während Pablo Neruda stirbt, steigt schon der Rauch seiner Bibliothek in den Himmel von San Christobal, komponiert Theodorakis den «Großen Gesang», transportiert den toten Dichter in seiner Musik durch die Erdteile: *don't forget, don't forget,* Demagogie pur, schreien die Widersacher, doch ich, aber ich steh im Chor auf der Bühne und singe spanisch und weiß nicht woher: *Cuando sonó la trompeta, estuvo / todo preparado en la tierra / y Jehová reparatió el mundo /* der Wirt gab mir Speise und Trank, jetzt füttert er meine Seele mit der Musik meiner Vergangenheit, seiner Vergangenheit, der Vergangenheit von jedermann, aber so weit war ich doch schon so oft, aber so weit wollte ich nie wieder kommen, nachdem von deutschen, koreanischen, vietnamesischen, griechischen, chilenischen Kriegen, Revolutionen nur ein Säuseln übriggeblieben war, Zikadengezirp *don't forget, don't forget,* in der Simulation des Fernsehens drehte die Sonne sich so schnell um die eigene Achse, wie sie sich wirklich gedreht haben soll, jetzt ist die Zeit gekommen, in der die Zeit dieses Tempo der Sonne erreicht hat. Die in den Gehirnen vermischte Steinzeit und Gegenwart wird Zukunft genannt, Computer erfinden, verteilen, tilgen, was der Mensch arbeiten soll, ohne zu wollen, Computer zählen Tellerminen, die eben gelegt, während die alten entschärft werden, Computer zählen, erzählen Schädel, Knochen, Fragmente aus den Kriegen des eben vergangenen Dezenniums, es geht schnell, es wird schnell geschehn, meine Nachkommen, dann seid ihr umgebaut, dem Tempo angepaßt, in vitro oder im Mutterleib, keiner wird etwas davon wahrnehmen, *to logharjasmo, parakalo, efharißto, tipota.*

Ich schleppe mich zu meiner Hütte, Baudrillard, hilf mir:

> «Im Grunde kann man nicht einmal vom Ende der Geschichte sprechen, denn sie wird nicht einmal die Zeit haben, ihr eigenes Ende einzuholen. Ihre Wirkungen beschleunigen sich, aber ihr Sinn verlangsamt sich unerbittlich. Sie wird damit enden, daß sie anhält und erlischt, so wie das Licht und die Zeit im Umfeld einer unendlich dichten Masse ...»

Le soleil et le temps, es ist zu heiß in meinem Gehäuse, ich geh zum Auto, suche alle Griechenlandkassetten, wickle sie ins Fahnenkleid, umschnüre sie, verstecke sie hinten im Kofferraum, falls mein luftiger Vorleser noch einmal wiederkommt, wird er Bescheid wissen und meinen Rückfall beim schwarzen Wein, auch wenn ich ihn opferte, übelnehmen, weil seine Ilias, Odyssee, die eine, erste, alle kommenden unnötig macht, weil sie nicht übertroffen werden können, weil ich die Probe nicht bestanden habe, hier, am Ursprung, wo es am leichtesten sein müßte, mich der Erinnerung zu entledigen

Wenn mich die Fähre nach Egion bringt, werd ich das Päckchen ins Meer werfen

Theodorakis hat schuld, der schwarze Wein hat schuld, der Wirt hat schuld an den Alpträumen der bevorstehenden, der hinter mir liegenden Nacht …

Zu spät, die Sonne steht schon eine Handbreit überm Meer, als ich mich hineingleiten lasse, ich wollte dabeisein, wenn sie aufgeht, ein rituelles Bad, Reinigung, den Rückfall der gestrigen Nacht abzuwaschen, der diese Reise beschädigt, in Frage stellt. Wieder schwimme ich, bis hinter mir das Glanzgebirge wolkenlos aufscheint. Ein Kopf, schmal, dunkelhaarig, schwimmt auf mich zu, ein lachendes Gesicht, steh endlich still, Herz, das hältst du nicht aus, den sechsten Schöpfungstag – ich bins, ruft die Stimme, warum kannst du schwimmen, rufe ich, ausprobierend, ob ich noch lebe. Wenn ich im Wasser bin, bevor die Sonne aufgeht, werd ich ein Sterblicher für einen Tag, ruft er, taucht, umkreist mich, spritzt eine Fontäne in mein Gesicht, wach auf, schon tummeln wir uns wie die Meeresgeschöpfe. Manchmal gelingt es mir, ein Blitzlicht lang Schönheit einzufangen, die den Atem stocken läßt, das Trugbild hält stand, löst sich nicht auf wie bisher. Die Zeit im Wasser hat aufgehört, Zeit zu sein, aber noch bin ich ein Mensch, mein Herz hat alle Nuancen von Glück überstanden, was fehlt, ist ein Glück, das töten kann. Da steht der Körper schmal ohne Fehl nur noch bis zu den Knöcheln im Wasser, sagt: Ich möchte jetzt vorlesen, bleib am Strand, ich hole das Buch

Etliche Treppenstufen am Hang führen ins Leere, ich habe die Tunika übergestreift, sitze auf dem moosigen Stein, ein atmender Körper ohne Gehirn, unfähig zu denken, zu empfinden, nur mein Gehör muß noch funktionieren, die Augen, die jetzt den Jünglingsmann im hellen Leinengewand umfangen, das fünftausend Jahre alt sein könnte oder von heute, die Vollkommenheit ist kaum zu ertragen: *Fünfzehnter Gesang*, er sitzt auf der zweiten Stufe und zwingt meine Augen, den seinen zu folgen

«Pallas Athene ging ins weite Land Lakedämon,
Um den strahlenden Sohn des großgesinnten Odysseus
An die Heimkehr erinnernd zu mahnen, nach Hause
    zu kehren.
Und den Telemachos samt dem stattlichen Sohne des
    Nestor
Fand sie in Menelaos', des ruhmvollen, Vorhalle
    schlafend.

Nestors Sohn lag da, von sanftem Schlummer
    bezwungen,
Doch den Telemachos hielt nicht süßer Schlaf, denn die
    Sorgen
Um den Vater hielten ihn wach die ambrosische Nacht
    durch.»

Mein Vorleser steht schon, als er sagt: Hier ist es gut, ich
möchte, daß meine Füße jetzt lange über Kieselsteine
gehn. Wir treffen uns wieder im Meer gegen Abend;
ich schließe die Augen, wende den Kopf erst, wie er als
kleiner Punkt fern an der Küste verschwindet. Auch
meine Füße wollen jetzt gehn, über federnden Wald-
boden, wo es kühl ist, das inwendige Zittern hört nicht
auf, mit weißen Knöcheln umklammern die Hände das
Lenkrad, wie soll ich unterscheiden zwischen Angst,
Glück, versuche den Einschlupf zur alten Straße nach
Litohoro zu finden, einen Bäckerladen, wo es duftet,
und nebenan das Cafenion, mein Gehirn muß sich
wiederbeleben, doch es soll nicht rotieren um diesen
Kopf, der aus dem Meer aufgetaucht ist am Morgen;
die Goldberg-Variationen stecken schon im Recorder,
Bach, stets nur Notfallhilfe, saugt alles ab, was stört,
sich auf ihn zu konzentrieren, doch im Gedächtnis erscheint der junge Glenn Gould vor vierzig Jahren, und
sein Gesicht verschwimmt mit dem Gesicht im Meer,
und so geleiten mich beide Gesichter die Kehren hinauf bis zum Sperrschild der Schutzdienststelle Natio-
nalpark Olymp.

Sie kennen mein Auto, räumen schon die Schranke beiseite, ich winke, sie winken zurück, nicht unfreundlich, nicht mehr freundlich, am ersten Tag ließ ich mich von den eifrigen Jungen belehren und nahm ihre bunten, vielsprachigen Faltblätter entgegen, beim zweitenmal fuhr ich zur Seite, stieg aus, versuchte, sie zu loben, alle Ressentiments gegen den Begriff Park unterdrückkend, in wenigen Jahren zur Ehrensache jedweder Nation geworden, wofür überall ein Häuflein Aufrechter kämpfte im Glauben, ihre Arbeit bringe den Menschen dazu, der Natur ihren letzten Rest Freiheit zu erhalten, und nicht, ihn anzulocken, noch mehr zu zerstören; ich sagte nicht, der Olymp kann kein Park sein, wenn es Disneyland-Parks und Industrieparks gibt, und Georges totgesagten Park im Herbst, ich sagte nur, in Deutschland hab ich das gleiche getan wie ihr, ich sagte nicht, es war vergebens, sie treten nieder, sie fahren zusammen, sie brechen ab, was sie schützen sollen, ich sagte nicht, Flaschen und Dosen liegen im Wald, bei euch werden sie in die Schluchten gekippt, von euren Bäumen wehn blaue Plastikfetzen im Wind, ich sagte nur, euer Faltblatt in deutsch ist voller Verstümmelungen, die Deutschen lachen und werfen es weg, sucht euch einen deutschen Studenten, der das korrigiert, bevor ihr es neu druckt. Ich sagte nicht, warum sind die abgebildeten Blumen, Vögel, Schmetterlinge, Büsche namenlos, ich sagte, ich schicke euch Tafeln, darauf stehen die Namen der Wildpflanzen, die in Deutschland bald ausgestorben sind und in Griechenland noch blühn und gedeihn. Anstatt zu sagen, baut keine neuen Straßen mehr in eure Reservate, sagte ich: Es ist schön, daß ich alte Frau herauffahren kann. Sagte: Gleichzeitig schäme ich mich. Vor zwanzig Jahren bin ich hier sechs Stunden zu Fuß durch die Laubwälder gewandert bis zur Baumgrenze. Und oben blühte die Götterwiese. Ich glaube nicht, daß sie mehr als drei Worte verstanden. Aber sie geben sich doch Mühe, sie stehen Posten, es ist besser als nichts, sie halten die Autos an, sie versuchen, in stammelndem Englisch Touristen aus aller Welt ins Gespräch zu verwickeln, warum sehe ich nur die Vergeblichkeit in den Gesichtern der Weiterfahrenden. Warum füttere ich meinen Reflex, immer wieder und noch einmal mit Menschen sprechen zu müssen, die der Natur beistehen wollen.

Heute muß ich mit niemandem sprechen. Heut muß ich nur auf das Wunder warten. Nach einer Stunde Waldweg bergauf kehre ich um. Die griechische Nobelkarosse neben meinem Auto. Familie. Der Vater geht rauchend auf und ab. Großmutter, perlenbehängte Matrone, reißt mit der behandschuhten Hand Samenkapsel um Samenkapsel von den Büschen, streift Zweig um Zweig in ihre Handtasche. Kinder umklammern mit sechs Fäustchen dicke Sträuße matter Cyclamen. Vater, Großmutter steigen ein. Die Kinder werfen die Sträuße weg, bevor sie zur Mutter in den Fond klettern. Das Auto ist über und über verstaubt, es muß also von weit oben kommen, wo die Schotterstraße endet, wo die Cyclamen zu Hause sind. Ich klaube sie aus dem Staub. Lächerlich zu weinen. Wo ich herkomme, gibt es keine Cyclamenblüten mehr. Aber es gab sie doch einmal. An der Schutzdienststelle ärgern sie sich, als ich anhalte trotz ihres Durchwinkens. Behutsam lege ich mein Halstuch mit den Cyclamen auf ihren Tisch: Eine Griechenfamilie hat das gepflückt und aus dem Auto geworfen. – Ach gehen Sie, sagt der junge Naturschützer, Griechen, was sollen wir denn da machen? Es ist ihr Land, was dort wächst, gehört ihnen, sie halten es für ihr Recht, zu tun und zu lassen, was sie wollen. Zwei Schlägereien reichen uns. Im Rückspiegel sehe ich noch, wie das Halstuch mit den Cyclamen in einen Container fliegt. Aufhören, Julia, ein für allemal, weshalb bist du sonst hier? Der Planet erkaltet. Einst wolltest du Menschenleben retten, Cyclamen helfen dir nicht, besser zu sterben.

Hinab, ans Meer, ins Meer – er kommt geschwommen. Lacht, ich lache. Worte, woher sollten die kommen. Worüber. Duschen, mich anziehn, zum Bungalow gehn – die Jugoslawen sind abgereist, die Wäscheleine ist leer, das klapprige Auto steht nicht mehr unter den Bäumen. Aus der Nische zwischen den Hütten klingt die Stimme des Namenlosen: Hinsetzen; er stellt zwei Teller auf den Tisch, gefüllt mit Rührei, Tomaten, Kartoffelscheiben, ein Brettchen mit frischem Brot. Du hast nichts gegessen im Wald, sagt er, ich suche Gabeln, Messer im Kofferraum, die ich eingepackt hatte für den Traum eines Augenblicks, den es nicht geben kann. Es ist anstrengend, ihn nicht anzustarren, die Augen an

ihm vorbeizuleiten. Wo hast du gekocht? – In der Nische gibt es einen Gasherd. – Wieso kannst du kochen,
der Satz hat keinen Sinn, er soll keine Frage sein, doch
die Augen mir gegenüber werden zu Schlitzen. Im Stein-
trog vor der Hütte unterm fließenden Wasser wasch
ich die Teller ab, er bringt die Pfanne, er bringt ein
Spülmittel, er sagt: Ich geh zum Wein auf die Terrasse.
Kommst du nach?

Mein Phantom, Gespenst, das ich anfassen könnte,
wenn ichs versuchte, Halluzination, Schizophrenie, meine Epiphanie, sitzt neben mir, bestellt eine Flasche roten
Wein bei dem Jungen, der sagt beharrlich, er habe nur
weißen oder rosé, sein Vater kommt, hört, sieht,
scheucht ihn mit strengen Worten in ein Gewölbe im
Fels, nimmt dem Sohn dann behutsam die Flasche ab,
zeigt mit den Gesten eines fürstlichen Mundschenks
dem wie viele Stunden noch sterblichen Gott die Flasche mavro Naussa, sieben Jahre alt, gießt das dunkel-
ste Rot in die Gläser. Wieder schweige ich, statt zu sagen, diesen Wein fürchte ich, er hat mich vor langer
Zeit fast umgebracht ... Es war nur die Galle. Was ist
schon der Schmerz, am Schmerz stirbt man nicht, sagte mein Freund, der Maler; ein Schmerz übertrumpfte
den anderen, jede Verlassenheit lachte die vorherge-
gangene aus – wenn dieses Gesicht dir gegenüber dich
nicht tötet, kannst du nie mehr verlassen sein nach der
Geborgenheit in diesem Lächeln. Meine Verkramp-
fung löst sich, der Wein kann dir nichts anhaben, sagt
er. Ich lächle zurück. Nach dem zweiten Glas sagt er:

Was meintest du vorhin, ob ich kochen kann? – Nichts meinte ich, ich weiß nicht, woher dieser Satz kam und was er bedeuten soll, antworte ich, doch woher weißt du, daß ich im Wald war? Er zieht aus der Tasche seines Gewands mein Halstuch: Das lag in einem Container. Denk jetzt nicht darüber nach, sagt er, du mußt dich erst an mich gewöhnen, wie meine Fußsohlen sich an die Kieselsteine gewöhnen müssen. Morgen sind wir vielleicht ein Stück weiter, schlaf gut, wir treffen uns im Meer, nachdem die Sonne aufgegangen ist ...

Auf dem spiegelglatten, lichtüberglänzten Wasser nichts, kein Boot, nur der dunkle Kopf kommt von weit draußen auf mich zugeschwommen. Unser Spiel wiederholt sich, alles ist weich und zart, wo er schwimmt, erzähl, sagt er, was hast du geträumt? – Schlangengift, antworte ich; es bringt ihn zum Lachen, er ruft: Ich möchte hierbleiben, du sollst nicht weiterfahren. Doch vorher muß ich geschwind zum Ossa. Heute abend ist alles geklärt. Fahre noch einmal hinauf zu den Gipfeln, hinter der Refuge, wo der Asphalt endet, führt die Straße ein großes Stück weiter, steinig, mit vielen Schlaglöchern, an ihrem Ende springen unsere heiligen Quellen vom Berg. Ein kunstvoll aus Baumstämmen gefügtes Haus bietet Wanderern Unterschlupf tagsüber und eine erstaunliche Küche, weil die Mädchen Kräuter kennen, die ringsum wachsen. Und bring Honig von oben mit für unser Frühstück. Dann war er verschwunden.

Ohne das Meersalz abzuwaschen, fahr ich hinauf, neben mir duftet das Brot aus dem Bäckerladen, am Honigstand, tausend Meter hoch, kaufe ich einen kleinen Kanister, gefüllt mit Nektar oder Ambrosia oder beidem, halte die beiden Plastikflaschen aus Venedig und Igoumenitsa unter den Strahl der gefaßten Quelle, bienenumschwärmt, schraube mich langsam auf der löchrigen Schotterstraße empor, Kahlschlag zu beiden Seiten, wo damals Königskerzen und Digitalis den moosigen Pfad begleiteten. Plötzlich ein Parkplatz, Wendeplatz für einen Touristenbus, ich ärgere mich, als wärs nicht jedermanns Recht, den Olymp zu besuchen, sich einen Aufkleber zu verdienen, kreischende Buben, Mädchen waschen sich in dem von den stürzenden Wassern gehöhlten Becken die Füße, posieren für Fotos, Filmkameras, Bergabenteurer kühlen sich vor dem Aufstieg, nach dem Abstieg, Mythenbewanderte, in den Schulen der Welt haben sie ihren Homer gelesen, wollen sich fürchten, wenn aus schwarzen Wolken ein Blitz fällt, wollen erzählen, wie Zeus seine Existenz durch krachende Donner bewies.

Sieben Esel kommen den Fußweg herab, aneinandergebunden, transportieren Nachschub für Hütten, Rucksäcke, leere Flaschenkisten, manchmal einen ermatteten Mann, eine Frau, die Esel trinken, der Treiber fragt mich nach Feuer, doch meine Streichholzschachtel ist feucht vom Meer, Mütter plündern die Reste der Salbeistauden, Thymian, der sich kaum mehr erholen kann, Fenchel, die letzte Arnikablüte, der Platz wird kahl, Zauber- und Heilkräuter, die nur auf dem Olymp vorkommen, haben sich längst zurückgezogen, hier will ich nicht bleiben, keine Mahlzeit im Mosaikhaus aus Baumstämmen, steige, so weit mich mein Knöchel trägt, abseits durch Büsche, über Rinnsale, sitze still, wo es still ist, und kann es nicht abwehren, das Denken, Nachdenken: Er ist kein Heros. Schon vom Habitus her kann er keiner sein. Auch wurde nur wenigen die Unsterblichkeit verliehen. Er ist auch keiner von denen, die als Sterne an den Himmel versetzt worden sind. Eher schon einer vom Botengeschlecht. Eos, Rosenfingrige, auf dem Schiff in der Nacht, sie war es, als ich wartete, bis der erste Schein des kommenden Tags sich andeutete. Als ich den Himmel nach Farben absuchte. Als plötzlich die Stimme neben mir sagte: Elfter Gesang. Da waren die Pferde schon angeschirrt, da fuhr der Sonnengott schon empor, Eos' Bruder. Mein Freund, der Dichter, den ich Marsyas nannte, weil sie ihm die Haut abzogen, hat mir erzählt, Eos habe mit Ares geschlafen. Aphrodite bestrafte sie, auch wenn sie sich nicht viel aus ihrem Gemahl machte. «Er gehörte nun einmal ihr», hat Marsyas geschrieben. Wer konnte besser wissen als er, wie eine Strafe beschaffen sein muß, die von einer Göttin für eine andere Göttin verhängt werden kann: Was demütigen soll, muß ein Stück Seligkeit enthalten. Aphrodites Fluch über Eos: Jeden Tag in der Früh, eh ihr Dienst beginnt, unter einen sterblichen Mann zu schlüpfen, Hirten, Jäger, was ihr in die Quere kam, unersättlich. «Immer ein anderer, Morgen für Morgen andere Unreinheit, anderes Zartsein, hinreißend Unvollkommene, und immer im Traum …» So steht es in deinem Buch, Marsyas, dreißigmal hab ich dir zugehört, wenn du diese Geschichte gelesen hast, in Leipzig, in Chur, Salzburg, Heidelberg, Frankfurt, in Bremen, wie könnte ich mich sonst erinnern im Olympversteck … einmal war es ein Troerprinz, einer von fünfzig Söhnen des lendenstarken König Tros, lang bevor die Achäer kamen, Eos beglückte ihn, wer weiß schon den Namen, sein Zwillingsbruder, den jedermann kennt, der mit dem leuchtenden Namen, gegen den sich mein Gehirn sperrt, überraschte Eos mit seinem Bruder, erpreßte sie, auch mit ihm zu schlafen, abwechselnd, jede zweite Nacht. Eos schämte sich fortan nicht mehr. War da nicht auch ihr Gemahl, ein Titan? Hat er nicht den schönsten unter den Jünglingen an Zeus verraten? Flog der nicht hinab und «trug ihn mit weichen Krallen auf den Olymp in den Festsaal der Burg»? Warum können in dieser Höhe Zikaden schrein? Tithonos – der Name des für Eos Übriggebliebenen, mit dem sie zufrieden war, Zeus hatte ihren Wunsch erfüllt und ihn unsterblich gemacht, doch die Bitte um ewige Jugend vergaß sie. Als Tithonos' Anblick für alle Götter unerträglich geworden war, nur Aphrodite hielt stand, verwandelte Zeus ihn in eine Zikade. Der andere, andere, sie wollen nicht, daß mir sein Name einfällt, Marsyas, ich bitte dich, nenn mir den Namen heut nacht im Traum

Durch Wurzeln, Gestrüpp stolpere ich abwärts zum

Auto, der Busfahrer vor mir kurvt hinunter, als wisse er nicht, in was er sich eingelassen hat mit seiner Fracht, Julia, komm in die Gegenwart, wer fürchtet sich schon vor den «Straßen der Welt» im Zeitalter der Fernsehfilme, das ich selbst auszustaffieren half. Noch einen Espresso in der Refuge, im Auto die letzten Anis-, Rosinenbrötchen, die vermutlich letzte Kassette, mein Vorleser haßt Konservenmusik: Blas, Giora, blas deine Klarinette

Thalassa, Thalassa, gebt mir das Wort zurück, alle, die ihr es jauchzend gerufen habt durch die Jahrtausende, Ankommende, Abfahrende, Kämpfende, Sterbende, Liebende mit den entführten, geraubten, freiwilligen Bräuten im Arm, schon umspült es mich, laß mich den Ankommenden fühlen, empfangen, da taucht sein Kopf auf: Ganymed! Beiß die Zunge ab, spuck sie ins Meer! Bis zum Vollmond am Mittwoch, ruft er, haben wir Zeit! – Ich wünsche, wir könnten Delphine werden. Ich wünsche, er wäre der Mohr von Venedig. Ich wünsche, ich hätte Marsyas nie gekannt und seinen «Geliebten der Morgenröte». – Ich möchte auf der Terrasse vorlesen, sagt er, geh duschen, zieh dich um. Nachher, vor dem Naussa. Jahrgang 1989.

Sechzehnter Gesang, sagt die Stimme.

«‹Telemach, nun er daheim ist, mußt du den eigenen
     Vater
Weder über die Maßen bestaunen noch auch
     bewundern;

70

Denn es wird hierher kein andrer Odysseus mehr
    kommen,
Sondern ich bin es selbst; nach Leiden und vielerlei
    Irrfahrt
Bin ich im zwanzigsten Jahr ins Land meiner Väter
    gekommen.
Aber dies ist das Werk der Beutegöttin Athene,
Welche mich derart machte, so wie sie es will, denn sie
    kann es,
Bald an Gestalt einem Bettler gleich, ein andermal
    wieder
Gleich einem jungen Mann, der schöne Kleider am
    Leib hat.
Leicht vermögen die Götter, die droben den Himmel
    bewohnen,
Sterbliche strahlend schön oder häßlich erscheinen zu
    lassen.›
Also sprach er und setzte sich hin; Telemachos aber
Schlang um den edlen Vater die Arme, jammervoll
    weinend.
Und in beiden erhob sich ein starkes Verlangen zu
    klagen.
Und sie weinten hell auf, noch unentwegter als Vögel,
Adler der See oder Geier, mit Krallen, denen die Bauern
Ihre Jungen geraubt, bevor sie flügge geworden.»

Reden möchte der Namenlose, ich aber bin froh, als
der Wirt kommt und ihm ein Stück Keule vom Lamm
bringt. Für mich Papuzaki, Pantöffelchen, mit Reis und
Fleisch gefüllte Auberginenhälften. Es kostet mich gro-

ße Anstrengung, die Gedanken vom Berg zu verdrängen. Natürlich spürt er, daß etwas vibriert zwischen uns, sagt: Ich hoffe, du hattest gute Stunden am Berg. Ich antworte, daß die Straßenschneise mir weh tut und der Kahlschlag zu beiden Seiten, und das Haus aus Baumstämmen, damit die Touristen in Bussen hinauftransportiert speisen können, sonst nichts, und Pflanzen abreißen und Quellen besudeln, aber die sieben Esel haben mich versöhnt, weil sie noch immer denselben Dienst tun wie ehedem. – Ist das alles, was du zu erzählen hast? – Nein, sage ich, du wirst es wohl wissen, abseits im Farnkrautdickicht verfinsterte und erleuchtete sich mir der Mittag abwechselnd, ich brauche die Nacht, um meine Verstörung zu überschlafen. – Also waren Stimmen unterwegs, Unbehauste, vielleicht Nymphen, die dir Geschichten weismachen wollten, sagt er und lacht. Ich habe Honig mitgebracht, sage ich, er steht auf dem Tisch vor der Hütte. Habe Geduld mit mir bis morgen.

Als ich aufwache, die Tunika über den Badeanzug werfe, weiß ich, wie töricht es ist, meinen Körper verbergen zu wollen, für die paar Schritte vom Meer hinters Strandgebüsch. Der Unsterbliche ist eingehüllt in die ewige Jugend der Rosenfingrigen, als sähe er die Runzeln, mein welkes Fleisch, als hätte er einen Blick für das, was ich für meine Gestalt halte, er sieht das Brot und den Wein und die Feigen, er sieht hinter das, was ich denke, tun will, ich stoße die Tür meiner Hütte auf, die volle Sonne flutet herein, er kommt tropfenbeperlt den Weg vom Meer herauf, auf dem Tisch liegt schon das Brot neben dem Honig, frische Butter vom Campingmarkt, du hast verschlafen, er lacht, gleich ist der Kaffee fertig, ich sehe entgeistert den dicken Strauß von Cyclamen, taufrisch, als seien sie eben erblüht. Wo sind die her, stammle ich. Er sagt, aus dem Container der Naturparkstation. Ich habe sie geholt, als du schlafen gegangen bist.

Erschrick nicht, ich wohne neben dir.

Der Wirt kommt, wünscht einen guten Sonntagmorgen, das Wetter hält, in drei Tagen ist Vollmond. Er muß zur Pforte, zwei Motorräder sind eingetroffen, die Fahrer wollen ihr Zelt aufbaun. Er schickt sie in eine entfernte Ecke. Mein Gegenüber lehnt sich zurück, sieht mich an: Willst du mir jetzt deine Geschichte erzählen? – Nicht hier, sage ich. Glaub nur nicht, daß du mich ins Auto bringst, sagt er, wie nur ein Mensch maulen kann. Und ich will nie wieder dort hinauf, maule ich zurück, lege den Kopf in den Nacken, schau zur wolkenlosen Himmelsburg Lapislazuli. Der Wirt kommt zurück: Das Boot am Strand gehört mir. Wenn Sie Lust haben, kommen Sie mit, ich gebe Ihnen die Ruder. Vorbei an den Waschräumen, halte ich mein Gesicht rasch unters kalte Wasser, putze die Zähne, lauf hinterher. Der Wirt ist weg. Mein zum letztenmal Namenloser hat schon das Boot ins Wasser geschoben. Ich springe hinein. Wie soll ich die Freude aushalten, mit der er die Ruder das Wasser peitschen, ein paar Fontänen über mich spritzen läßt, bevor das Boot lautlos und rasch ins offene Meer hinausfliegt.

Du bist Ganymed, sage ich. – Die Zeiten sind lang vorbei, als die Götter einander den Sterblichen verrieten. Wir existieren nicht mehr für euch. Wer hat mich verraten? – Ein Dichter in einem Land, das es nicht mehr gibt. Er wollte den Kindern erzählen, was Mythen sind, seine Oberen hatten das nicht gern. Doch er schrieb und schrieb und las ihnen vor, Sagen und Märchen waren erlaubt. Das Märchen von Gäa und Demeter, vom Titanen Prometheus und Epimetheus, von Hera und Zeus und Hephaistos und Aphrodite und vom König Ödipus, doch unter seiner Hand, eh er sich's versah, wurden die Märchen zu dem, was sie waren, Mythen so voller Gewalt und Grauen, er mußte aufhören, sie Kindern vorzulesen, auch die wenigen kundigen Erwachsenen erschraken. Sie erkannten den Dichter, die Götter, sich selbst. – Hatte der Dichter einen Namen? – Ich nannte ihn Marsyas, er unterwies mich, er war mein Freund, seit zwölf Jahren schon ist er bei Hades. Persephone ist freundlich zu ihm, wenn sie nicht an der Seite der Mutter den Frühling auf die Erde bringen muß.

Ganymed bewegt sich nicht, die Ruder schleifen im Meer. – Die schönste Geschichte, eine, die nicht das Mark in den Knochen gefrieren läßt, handelt von dir. Lang schon vor Priamos warst du ein Troerprinz, sie nannten dich «Der als der schönste geboren wurde unter den sterblichen Menschen», Bildhauer und Maler machten sich über dich her, den Augenblick, als Zeus, dich begehrend, in Adlergestalt mit sanften Krallen dich zum Olymp entführt. Marsyas spottet über das Gemälde, der Menschen liebstes von dir, auf dem der erschrockene Knabe, ein Bübchen, sein Wasser nicht halten kann. Es ist unrichtig, daß du ein Kind warst, schrieb er, du habest schon Löwen und Eber getötet und einen Sommer hindurch das Verlangen Morgenrötes gestillt. Von Eos, der Rosenfingrigen aus der Odyssee, von der du mir vorliest, hat Homer nur berichtet, welche Aufgaben sie zu erfüllen hatte; in einem Hymnus jedoch enthüllt er mehr: «Muse, sag mir die Werke der goldenen Aphrodite / Herrin auf Kypros; süßes Verlangen weckt sie den Göttern / überwältigt der sterblichen Menschen Geschlechter ...»

Mein Dichter fügte Homers Bruchstücke zum Ganzen: Eos habe mit Ares, dem Gemahl Aphrodites, geschlafen, diese, zwar ohne Eifersucht, aber der Ordnung halber, sprach einen Götterfluch über Eos, in dem sich Strafe und Lust entsprechen mußten; in jeder Morgenfrüh treibt es sie, unter einen anderen sterblichen Mann zu schlüpfen; als Eos bei deinem Bruder Tithonos lag, hörtest du sein Stöhnen, fuhrst aus dem Schlaf, entdecktest die beiden, hieltest die überraschte Göttin fest, sie konnte den Tag nicht heraufführen, bis sie schwur, morgen und jeden zweiten Morgen inskünftig das Lager abwechselnd mit dir und dem Bruder zu teilen. Doch der Titan Astraios, der Rosenfingrigen Gemahl, verriet deine Schönheit an Zeus.

Was immer der oberste Gott mit dir vorhatte in seiner Burg, geht die Menschen nichts an. Du wurdest sein Mundschenk. Unsterblich. Den Schmerz deines Vaters Tros, den er aus deinem Gedächtnis vertrieb, linderte Zeus durch das Geschenk eines Pferdegespanns mit geflügelten Füßen, wie es nur die Götter besitzen. Eos aber, voll Hoffnung, die Scham wiche von ihr, solang sie in Troja bei einem Prinzen lag statt bei Ziegenhirten und Fischern, erbat sich von Zeus für Tithonos die Gabe der Unsterblichkeit. Homer schrieb: «Zeus gewährte den Wunsch und nickte der Törin Erhörung / denn sie hatte nicht gründlich bedacht / Jugend auch zu erflehn, das verderbliche Alter zu tilgen …»

Wie so einer aussieht nach tausend Jahren? Du selbst hast vor Zeus geweint, Ganymed, er möge deinen Bruder erlösen. Umsonst, sein Gestank durchdrang den Olymp, die Erde, den Ozean, Fieber, Seuchen, die Pest, selbst unter Göttern – Zeus wußte, als er die Moiren aufsuchte, Unsterblichkeit läßt sich nicht zurücknehmen. Am Ende verwandelte Zeus, auch das war verboten, die Moiren duldeten es, Tithonos in eine Zikade. Du selbst hörst ihr immer wieder zu. Nur Aphrodite hielt sich an ihr Gesetz: Der Gesang der Zikade ist Liebe.

Ganymed sagt: Was immer du glaubst zu wissen und von wem: Wie kommt es, daß ich jetzt in diesem Boot sitze? – Vielleicht hat Eos sich zu Zeus geschlichen, sich ihm aufs Knie gesetzt, geschmeichelt, gebettelt, ihm den Bart gekrault, gedroht, den Tag nicht mehr heraufzuführen: nur einmal noch, immer wieder, nur dieses eine Mal: Ganymed, denn dir blieb die Schönheit und Jugend erhalten. Aphrodites Fluch aber zielt auf einen Menschen. Niemals wird Zeus seinen Mundschenk preisgeben. Mag sein, er gewährt der Rosenfingrigen, wenn sie lang genug darbt, dich früh in der Ägäis als Mensch zu umarmen, dort schützt er deine kurzfristige Sterblichkeit mit allen Sicherungen des Himmels und der Erde, und unten passen Thetis auf und Poseidon. «Eos' Haus, unter den Wurzeln des Meeres», hat viele Ausgänge, ins Ionische Meer, in die Adria, wie wärest du sonst nach Venedig gekommen, aufs Schiff, nachdem die Sonne emporstieg!

Ganymeds Gesicht ist ohne Bewegung, gebräunter Marmor, vom Licht beschienen. Warum zerschmettert er mich nicht mit dem Ruder? Ich bin schamrot, springe ins Meer, eine Hand am Bootsrand, bitte, bring mich zurück, ich verbrenne. Wir schieben das Boot auf den Strand, vergessen die Ruder, jeder legt sich in seine Ufernische schlafen. Als ich aufwache, schläft Ganymed immer noch. Ich trag die Ruder auf die Terrasse, übergebe sie dem Jungen, schütte eine Cola hinunter, gehe zurück. Ganymed schläft. Als Mensch? Warum kann ich die Augen nicht losreißen, stehle immerfort dieses Gesicht. Einen Tag lang ohne Uhr, ohne Zeit. Ich weiß, irgendwann muß ich alles bezahlen. Die Schatten sind schon sehr lang gewachsen. Ganymed macht die Augen auf: Ich habe jetzt Lust zu kochen. Du sollst nicht helfen. Während der Wartezeit die Litanei meines Gebets: Vergiß. Vergiß. Was du erlebst, das läßt sich nicht leben.

Auf der Terrasse kaufe ich einen Krug kaltes Wasser. Bewundere die Kälte- und Eisabteilung der Bar. Trage den Krug zur Hütte. Decke den Tisch. Die Mädchen des Wirts haben mir Pilze verkauft, sagt Ganymed. Ich hoffe, du magst den Risotto, er zertritt ein verwittertes Brett, ohne Schuhe, legt ein Stück Holz auf den Tisch, stellt die Pfanne darauf. Das Wasser reicht für den ersten Durst. Unterm Feigenbaum am Rand der vertrockneten Flußmündung ist es noch hell genug: *Siebzehnter Gesang.*

«Und ein Hund lag da, der hob den Kopf und die
    Ohren,
Argos, des leiderprobten Odysseus Hund, den er selbst
    einst
Aufzog, ohne sich seiner zu freuen, er ging ja zuvor
    schon
Fort zum heiligen Ilion; früher, da führten die jungen
Männer ihn oft auf wilde Ziegen und Rehe und Hasen;
Nun aber, da sein Herr weit weg war, lag er verwahrlost
Auf einer Menge von Mist, der von Maultieren und
    auch von Rindern
Da gehäuft vor den Toren lag, bis daß des Odysseus
Knechte ihn holten, den großen Bezirk des Königs zu
    düngen.
Dort lag Argos, der Hund, der von Hundeläusen
    bedeckt war.
Als der wahrnahm, daß es Odysseus war, der ihm nahte,

78

Wedelte er mit dem Schwanz und senkte die Ohren, die
    beiden.
Doch er vermochte nicht mehr, zu seinem Herren zu
    kommen […]
Aber den Argos ergriff das Geschick des finsteren Todes
Gleich, nachdem er Odysseus sah im zwanzigsten
    Jahre.»

Später beim Wein sagt Ganymed: Rede mit mir. Heut
früh im Boot hast du lang geredet, doch es war meine
eigene Geschichte. Wie die Menschen sie sehn. Wie
dein Dichter sie sah. Ich kann nicht mit dir über Götter reden. Erzähl von den Menschen. Damit ich mehr
begreife, anderes als nur diese Punkte, Flecken. Ein-
zeln, oder wenn sie sich zusammenrotten wie auf dem
Schiff. Am Strand. In Litohoro. Wenn sie im Sommer
den Olymp erstürmen. – Was könnte ich dir von den
Menschen erzählen, das du nicht besser weißt als ich.
Menschen sind das, womit du mich jeden Tag vertrauter machst, wenn du vorliest. – Du gebrauchst eine List
wie Odysseus, sagt er. Du willst nichts von dem Geheimnis erzählen. Dann erzähle von dir. – Ich weiß nichts
von eurer göttlichen Leiblichkeit, was bei euch an der
Stelle von Geist, Seele steht. Was ihr mit dem Kosmos
zu tun habt. Ich seh nur die Sterne. Mein Wort für sie
heißt *ewig*. – Was ist es, fragt er, das dich der Odyssee
zuhören läßt, bis du leuchtest? – Das Unveränderte;
durch dich erst wird es zum Ereignis: der Gesang der
Dichtung in deiner Stimme, die Kunst, Bilder zu ma-

len, Körper aus Stein, aus Metallen zu formen, die
Kunst, Flöte zu blasen, die Leier zu schlagen, Liebe,
Haß, Neid, Eifersucht, Treue, Untreue, Schmerz, Angst,
Gewalt, was daraus entsteht, was sich dazwischen ab-
spielt, hier unten, dort oben, wie oft ich es las, es kam
und ging; erst jetzt, durch dich, erhält es Dauer für den
Rest meiner Zeit. Die Realität des Mythischen. Der Mythos der Realität, wie das einander durchdringt. Das
seit je Vorhandene, das nicht wäre ohne den Dichter.
Wenn du Homer liest, verschmelzen Vergangenheit, Gegenwart, Zukunft –

Jahrtausende sollen vergangen sein, und du sagst *unverändert?* Ich sehe nichts mehr von dem, was war. –

Deine Perspektive ist anders. Nimm Argos, den
Hund, der Odysseus erkennt, um danach die Augen für
immer zu schließen. Vielleicht das simpelste Beispiel
für euer Reich. Aber zeitlos, irdisch, jede Minute eines
jeden Tags geschieht diese Episode irgendwo auf der
Erde, sie nennen es sogar herzzerreißend. Ich habe nie
über Argos, den Hund, nachgedacht. Seit dem Elften
Gesang auf dem Schiff, in den Wörtern des heutigen
Übersetzers mit deiner Stimme, sind alle fünf Sinne ge-
fordert; ich höre, sehe, rieche, schmecke, fühle den Ver-
rat, die Rache, ihre Lust beim Kämpfen, beim Töten,
bei der Jagd, beim Wettspiel, Glück und Trauer beim
Siegen, Verlieren, ihre Tränen darüber, ihr ausführli-
cher Genuß beim Essen, beim Trinken, Sichkleiden,
Wohnen, ihre Gier beim Schätzeanhäufen, ihre Gna-
de, wenn sie verzichten, ihre Klagen beim Hungern

und Dürsten, ihre Geduld, wenn sie Häuser baun, Feldfrüchte anpflanzen, säen, ernten, Trauben in Wein verwandeln, Demut beim Opfern. Gäbe es Aischylos, Euripides, Sophokles, Aristophanes ohne Homer? Was für Menschen wären wir ohne sie alle? –

Sag mir, was sich verändert hat. Mit anderen Worten, als ich sie kenne. –

Was nützen dir die neuen Namen. Wir werden immer noch geboren, um zu sterben. Was dazwischen liegt, kann kurz sein wie unser Bad im Meer. Dreimal so lang wie der Trojanische Krieg. Als ich jung war, wußte ich noch, wozu die Menschen sich dreitausend Jahre lang fortpflanzten: Sie wollten sich unablässig verbessern. Jetzt weiß ich, sie zerstören unablässig, was sie verbessert haben. Burgen wie Mykene, Städte wie Troja, Theben, Länder, Völker, Erdteile, immer strenger grenzen sie sich ab, während sie vorgeben, sich zu öffnen wie nie. Eine Weile bemühten sie sich um Gleichheit, Brüderlichkeit, daß die Mächtigen mit den Machtlosen teilen, die Gerechtigkeit zunimmt, die Rechtlosen weniger werden. Jetzt werden die Werte wieder einmal auf den Kopf gestellt. Geistige Führer, einstmals wenigstens als Berater gefragt, treten in so vielen Schattierungen auf, daß es nutzlos ist, auf sie zu hören. Nur wer Besitz hatte, konnte bei euch die Schiffe ausrüsten. Daran hat sich nichts geändert. Immer wieder einmal wollen Völker aufhören, einander zu töten. Sie töten sich wie eh und je. Beim Sterben verschwindet der Unterschied zwischen Pfeil und Bogen, Schwert, Speer,

Pulver, Blei, Dynamit. Die Skala der Tötungsarten wuchs, seit ich lebe, schneller als in dreitausend Jahren. Mit Gift, einstmals in Speisen gemischt, um einen einzelnen oder eine Dynastie zu vernichten, kann man jetzt die Bewohner eines Landes ausrotten. Es wird zerstäubt, zersprüht, gasförmig, unsichtbar, in die Atemluft. Als ich geboren wurde, warfen Flugzeuge Bomben vom Himmel. Als meine Kinder geboren wurden, konnte eine einzige Bombe den Krieg beenden. Wo sie explodierte, gab es kein Leben mehr. Heute ist die Vollkommenheit der Bombe erreicht. Waffen, um Troja einzunehmen, heißen heute ABC, H, SS 20, Cruise Missile, sie werden aus der Ferne gesteuert, man drückt auf Knöpfe in Schaltzentralen, ein einzelner Mensch kann den Befehl geben. Schon wissen wir nicht mehr, wie viele einzelne Menschen diesen Befehl geben können. Wie viele es sind, die ihn durchführen. Wer von ihnen die Kontrolle über seinen Verstand behält. Wer ihn verliert. Ob sie noch Menschen genannt werden. Oder schon Computer, Roboter. Schon kann ein einzelnes Gehirn, ein lebendiges oder ein künstliches, den Impuls auslösen, der alles Leben auf dem Planet Erde auslöscht. Es wird nichts mehr geboren danach. –

Wie ist das entstanden? Wie benennt man es? –

Das Wort Atom stand am Anfang. Du kennst es, griechisch, *átomos*, «unteilbar». Ich kann dir nicht sagen, was es war, was es ist, wie der Weg dazwischen verlief. Neutron, keine siebzig Jahre alt, kann ich ebensowenig erklären. Nukleus heißt Kern, steht als Vorsilbe vor den

Wörtern -waffen, -strategie, -medizin, ebenso das Wort molekular, von Molekül, mehr als dreihundert Jahre alt, inzwischen vor die wichtigsten Disziplinen gespannt, es interessiert mich nicht, solange es Töten und Heilung herbeiführt, mögliche Heilung vom kalkulierten Tod. Warum stößt du mich zurück in die Welt, die ich verlassen wollte. Hast du noch nicht genug? –

Mach weiter. –

Die schönsten Digitalis wachsen auf dem Ossa. Jetzt heißt digital quantifizierte Daten und Meßwerte. Kybernetik, als du zur Welt kamst, ein griechisches Wort: Steuermann, *kybernetiké techné*, Steuermannskunst. Jetzt bedeutet es Automatisierung von Informationsverarbeitungsprozessen. Die Gehirne der Menschen kippen um, sie wissen nicht mehr, daß sie wußten, was sie tun, es ist rückläufig, das Prinzip Ordnung mündet in Chaos, so nennen sie ihre neue Religion, laß es dir von Zeus erklären. Er kann es natürlich nicht. Und Prometheus, den Urheber von allem, darfst du nicht fragen. Dein Herrscher schleudert dich in den Tartaros. –

Bevor ich das Wort «unverändert» akzeptiere und daß ihr immer noch sterben müßt, sag mir, ob es nicht Menschen gibt, die solche gewaltigen Veränderungen, wie ihr Gehirn sie hervorgebracht hat, für etwas Besseres als für den Krieg benutzen? –

Es gab sie. Es gibt sie. Sie sammelten Erfahrungen, ihre Gehirne speicherten uraltes Wissen, sie machten Erfindungen gegen Schmerz und Tod. Das meiste trägt ein Janusgesicht. Mediziner, Biologen, Chemiker, Physiker, die übergreifend forschen und voneinander Nutzen ziehn, wissen Bescheid um das Sowohl-als-Auch. Helfen, Heilen, Vernichten, Asklepios lernte es von seinem Lehrer Chiron, Gesteins- und Kräuterkunde führten zur Alchimie, an deren Ursprung die naturphilosophische Elementenlehre der Griechen stand. Längst tummelt sich ein Kreis von Nutznießern um positive und negative Entwicklungen. Am Anfang der kurzen Spanne, in der ich lebte, gab es ein Wort, dem wir alle nacheiferten: Fortschritt. Am Ende meiner Zeit gibt es kein schlimmeres Wort. Fortschritt läßt sich für und gegen jedes Menschenwerk einsetzen. Wachsen, das schönste Wort in der Natur, hat der Mensch zuschanden gemacht. Ein Samen, in die Erde gelegt oder in den Schoß der Frau, wächst. Heute hat die Bedeutung von Wachsen das Wort Geld übernommen. Es heißt jetzt Wachstum. Wirtschaftswachstum. Was der Mensch herstellt, vom Kochtopf bis zur Rakete, muß wachsen. Ausstoßung ist der Augenblick, wenn das Kind aus dem Mutterleib ans Licht tritt. Vom Ausstoß der Autos hängt ihr Wachstum ab. Wächst die Rate nicht, hört das System auf zu funktionieren. Besitz war einstmals gekoppelt mit dem Begriff Kultur. Besitz braucht heute keine Kleider mehr, um seine Blöße zu bedecken. Er regiert nackt. Er wird allein daran gemessen, ob er wächst. Er beherrscht unsere Welt. Doch weil sich die Geschichte mit den Schachbrettquadraten und den sich jeweils verdoppelnden Weizenkörnern nicht von beliebig vielen Besitzenden wiederholen läßt, hat man entdeckt, daß auch leblose Materie, Fiktives, Nichtexistierendes sich vermehren läßt. Wir fliegen zum Mond und zum Mars und machen mit ihnen heute schon Rechnungen, stecken Claims ab, melden Besitzrechte an. Wir nehmen die Milchstraßen ins Visier. Es ist nicht nur der Drang, die Hybris des menschlichen Gehirns, es sind Vorboten der Angst, daß die Zeit aus dem Ruder laufen könnte: Wir haben die Natur bald zu Ende verbraucht, die Meere leer gefischt, die Wälder niedergebrannt, die Luft kann man nicht mehr atmen, das Wasser nicht trinken, sechs Milliarden Menschen werden sich auf den Weg machen, bevor sie sich verdoppelt haben. Schmerz, Krankheit, Tod werden rascher überhandnehmen als der Fortschritt. –

Liebst du dein Auto? fragt Ganymed.

Ja, als sei es ein Stück von mir. Siehst du nun den Zusammenhang? –

Hätte ich sonst danach gefragt? –

Als ich ihn begriff, war es zu spät. Während du dein Ruder durchs Wasser ziehst, sind siebzig Menschenjahre vergangen. Mein Auto hat mir die Welt geöffnet. Mein Auto war der Beginn der Zerstörung. So viele wunderbare Möglichkeiten, die uns die Götter in die Wiege legten, was wir sein, was wir werden könnten, sind gescheitert. Unser Götze Besitz frißt, was ihn angreift, Ethos, Moral, ihre ungezählten Trabanten; nichts, niemand erhebt sich aus dieser Mattigkeit. Wer übrigbleiben will, gewöhnt sich, vergißt, ich sehe eine dumpfe und eine strahlende Gleichgültigkeit. Der

Mensch, von dem du hören willst, die Menschen, die Menschheit hat, während ich lebte, ihren Kulminationspunkt überschritten. Da gibt es nichts mehr aufzuhalten. Die chemische Analyse der Sterne, die physikalischen Gesetze des Universums, die plötzlich keine Gesetze mehr sein wollen, lassen das Zeitliche erkalten ganz und gar. Der Begriff *ewig* wird außer Kraft gesetzt. Erosion? Gehört eben zum Leben, basta. Entropie? Was kümmert es uns, was sie erstrebt? Sie ist ein Maß, sonst nichts. Ein Maß für den Grad der Ungewißheit über den Ausgang des Versuchs Mensch. Seine Entwicklung denkt er gerade zu Ende: Er selbst macht sich zum Schöpfer, er hat die göttlichen Bausteine entdeckt, jetzt kann er mit ihnen spielen. Gen ist das Modewort, jedermann trägt den «genetischen Code» wie ein neues Paar Schuhe.

Ganymed, der nur noch schemenhaft mir gegenübersitzt, als löse er sich im Mondsilber auf, sagt: Also möchtest du auch nichts mehr wissen von dem, was der Mensch Zukunft nennt? – Doch. Ob er in dreihundert Jahren immer noch Tränen im Auge hat, wenn sein Hund Argos stirbt.

Auf dem Weg zu unseren Hütten sagt Ganymed: Morgen früh bin ich weg. Ich möchte mit meinen Füßen noch einmal zur Stadt Litohoro steigen. Zuschauen, was die Menschen dort treiben. Bevor ich für immer die Lust verliere, manchmal wie sie zu sein. Ich konnte verstehen, was du gesagt hast, wenn auch mit anderen Sensorien. Ich weiß noch nicht, was ich dir glauben soll. Mein Interesse erlischt sehr schnell. Und für lange. Wir treffen uns auf der Platia, wo die gelben Stühle stehn. Wenn die Glocken läuten.

Plötzlich macht Ganymed kehrt: Ich gehe noch einmal ins Meer. Muß das abwaschen, womit du mich beworfen hast.

Auf dem Tisch vor der Tür steht der Honigtopf vom Olymp und die Cyclamen im Wasserglas. Ich esse die Knäckebrotreste. Bin ratlos. Wie konnte ich da bloß hineingeraten. Natürlich hab ich ihn überfordert. Intellektuell. Baudrillard ist schuld. Wenn man mich schüttelt, bin ich eine Schneekugel. Ich möchte nicht mehr geschüttelt werden. Ganymeds Hand betrachten genügt. Sein Schwalbenmund wird davonfliegen, seine Stimme erlöschen, wenn der Mond voll ist. Die Menschenwelt hat viele Ränder, wo es sich noch leben läßt, wenn man jung ist und sein Gemüse anbaut. Wenn man nicht überlegen muß, wie man stirbt. Für mich gilt nur noch der letzte Ort, die letzte wahnwitzige Hoffnung, er zeige mir den Weg ins Unbekannte. Ohne Baudrillard wäre ich gar nicht hier. Ich suche das Buch in seinen wechselnden Verstecken:

«Indem man stark zentralisierte Strukturen, städtische, industrielle und technische Systeme mit hoher Dichte erschafft und gnadenlos Programme, Funktionen und Modelle konzentriert, verwandelt man den gesamten Rest in Müll, in Abfall, in nutzlose Überreste. Indem man die höheren Funktionen in den Orbit verlagert, verwandelt man die Erde selbst in Abfall, in ein marginales Territori-um, in einen peripheren Raum. Eine Autobahn, einen Supermarkt oder eine Metropole zu bauen, bedeutet, au-tomatisch die gesamte Umgebung in eine Wüste zu ver-wandeln. Indem man superschnelle Kommunikationsnet-ze schafft, verwandelt man den menschlichen Verkehr direkt in Abfall […] Die Information ist das, was das Er-eignis als Abfall ausscheidet: die heutige Müllhalde der Geschichte.»

Ich fahre nach Litohoro. Ganymed wollte zu Fuß auf-steigen. Es ist heiß. Ein Gewimmel von Menschen quirlt durch Straßen und Gäßchen, beide Kirchentüren sind auf, Popen gehen aus und ein, Buben in langen weißen Gewändern mit Kreuzstäben, davor ist Markt, die Ver-kaufsstände füllen den Parkplatz, und jedes freie Fleck-chen im Umkreis, ein besonderer Markt, die Obst- und Gemüsepracht wird überwuchert von Hügeln aus Stoff-ballen, Wäsche, Schuhen, Kleidern, Schmuck, Glitzer-kram, Kinderglück, unüberschaubarer Plunder aus Pla-stik, Zigeunerinnen, die jede Carmen-Szenerie in den Schatten stellen, weiße, schwarze Spitzenbahnen me-terlang mit ausgebreiteten Armen anpreisend, tänzelnd, sich windend, unnachahmlich die Hälse, die Köpfe mit den langen schwarzen Haaren wie Stammeskönigin-nen tragend, ich sehe mich satt an den schönen Ge-sichtern, lockenden Augen, im Hintergrund die Alten, Uralten, die Galane, lauernd, kontrollierend, hier und dort ein kleines Geplänkel, gendarmenbewacht, wenn Handeln und Feilschen aus dem Ruder zu laufen drohen, manchmal ein Aufblitzen meines Kinderwunsches: Wär ich doch eine von denen; das Karussell, die Süßigkeiten, keine schwarzen Witwen mehr, mit den Kopftüchern, aus den Gebirgsdörfern, winterlang gewebte, gestickte Decken, Teppiche, eifersüchtig gehütete Volkskunstmuster, Schafwolle, Ziegenhaar, pflanzengefärbt, wer soll das kaufen, soweit das Auge reicht, nichts, das mehr als ein paar Drachmen kostet, das es nicht auf jedem Markt zwischen Irland und Tel Aviv, Krakau, Gibraltar zu kaufen gäbe, made in Taiwan, Hongkong, China, den Philippinen, was hab ich hier verloren, auch nach der dritten Eislimonade kein Ganymed, ich fahre hinab. Steig ins Meer. Der braune Kopf taucht auf. Umkreist mich dreimal, schwimmt ans Ufer: Ich gehe schlafen. Später fahren wir zusammen fort, ich lade dich zum Essen ein. In eine Stadt am Meer. –

Ich suche im Kofferraum einen dünnen Baumwollanzug in der Farbe, wie sie aus den Kapseln springt derzeit auf den Feldern. Keine Schminke.

Er will nach Norden, dem Ossa, dem Pelion den Rücken kehren. Es gibt nur die National Road. Zweimal zweigen wir ab, Richtung Meer. Zurück, zurück, ein Trubel wie am Morgen. Natürlich war ich in Litochoron, auch wenn du mich nicht fragst, sagt Ganymed. Ich wollte sehen, wie eine Bank funktioniert. Die Post. Ein Reisebüro. Warum sieht dieser Markt so häßlich aus? Ist das ein Spiegelbild der Menschen? Als du kamst, war ich schon auf dem Rückweg. –

Dann müssen wir uns entschließen. Eine Stadt, weit angelegt, nach allen Richtungen ausufernd, neu. Parkplatz unter Bäumen. Wir gehen eine Straße entlang. Ich brauche alle Konzentration einzuschwingen, ein Stück des ursprünglichen Zaubers festzuhalten: Ganymed, an meiner Seite, in der Straße einer Stadt. Wir fühlen uns unbehaglich. Wie fremd wir einander sind.

Siehst du die Pelze? sagt Ganymed. Ach ja, ich habe nicht darauf geachtet. Ein zweiter, dritter, zwanzigster Laden, Pelze, Pelze, Stahl-, Glasfassaden, Spiegel, Pelze spiegelnd, Vexierbilder, die sich als Realität entpuppen, in den Ladentiefen, auf dem Trottoir Kleiderstangen voller Pelze. Faß sie an, sagt Ganymed, sie sind echt. Ich lache. Ausgeschlossen. Und schon streicht meine Hand über Felle, meine Finger bohren sich bis auf den Ledergrund. Das kann nicht sein, das kann es nicht geben, Großkatzen, Panther, Luchs, Leopard, Silberfüchse, Ozelot, laß uns in eine andere Straße gehn.

Das ist doch erst der Anfang, sagt Ganymed. Deinen Aufruhr für die Cyclamen in Ehren, hier sollst du deine Ohnmacht erkennen. Kreuz und quer schleppt er mich durch die Stadt, gefüllte Lagerhallen, Einkaufszentren, stockwerkhoch Pelze, groteske, sich verrenkende Puppen in Schaufenstern, Mailänder, Pariser Standard, wo sind die Menschen, die das kaufen, wo auf der Erde laufen noch so viele Panther, Leoparden, Luchse herum, wenn es ein Großhandelsplatz ist, warum hier, im Abseits, Ganymed zeigt auf Matronen, die am Probieren sind, Männer mit Geldbörsen sitzen in den Fauteuils, junge elegante Badeschönheiten begutachten sich gegenseitig, wollen Ratschläge, bevor die Herren bezahlen, Schulmädchen drehn und wenden sich pelzbehangen vor Spiegeln, sag schon, warum du weinst. – Hab ich nicht alle Antworten schon über dich geschüttet gestern abend?

Gestern, was ist das? sagt Ganymed. –

Der siebzehnte, sechzehnte, fünfzehnte Gesang, das ist gestern. Daß ich hierherkam, um nicht mehr weinen zu müssen, weil ich zu alt bin, gegen Ströme zu schwimmen, das ist gestern. Die Pelze bedeuten nichts, Ganymed, nicht mehr, nicht weniger als die Cyclamen, die du noch ein paar Augenblicke am Leben erhältst mir zuliebe. Viele Jahre haben wir gebraucht, den Menschen beizubringen, daß ihre Nachkommen nie eine Großkatze zu Gesicht bekommen werden, es sei denn, sie vegetiert in einem Käfig, all ihrer Fähigkeiten beraubt. Der Zoologe, mit dem ich unterwegs war, hat Europa, Afrika überzeugt. Es ging auch um Elefanten, Löwen, Nashörner, sein Sohn stürzte ab, als er mit seinem Flugzeug die dahinschwindenden Tiere zählte. Jetzt haben wir Gesetze, die den Handel mit Fellen aussterbender Tiere verbieten. Keine Königin in Europa erlaubte sich, eine Weile, im Leopardenpelz aufzutreten. Die beiden Männer haben ihr Denkmal in Afrika, wie eure Sieger einst in Olympia. Das Morden geht weiter, die Menschen vermehren sich, bis sie den letzten Lebensraum der Tiere in Acker- und Weideland

verwandelt haben. Es ist vorbei, ich weine nicht mehr
für Pelztiere. Und ich begreife nicht, wo wir sind. – An
der Küste der Seefahrernation, sagt Ganymed, mit den
größten Reedereien. Wie einfach, in Rußland, Alaska,
Afrika, Südamerika Schiffe mit Pelzen vollzuladen.
Komm, steig ein, sagt er. Auf dem Parkplatz, im Auto,
alle Fenster dicht geschlossen, umrahmt von Pelzen:
Achtzehnter Gesang

«Andres ersann Athene, die Göttin mit strahlenden
    Augen.
Süßen Schlummer senkte sie nun auf Ikarios' Tochter,
Die sich zum Schlafen legte; und dort gelehnt auf das
    Lager,
Lösten sich ihr alle Glieder, derweilen die Göttin, die
    hehre,
Himmlische Gaben ihr lieh, damit staunend sie sähn die
    Achäer;
Wusch zuerst ihr schönes Gesicht mit ambrosischem Öle,
Mit demselben, mit dem sich die schöngekränzte
    Kythere
Salbt, sooft sie besucht der Chariten lieblichen Reigen.
Und ließ auch den Blicken sie größer und voller
    erscheinen,
Weißer als frisch gesägtes Elfenbein schuf sie die Haut
    ihr.
Als sie dieses vollbracht, ging fort die Göttin, die hehre.
Und aus der Halle kamen die weißellbogigen Mägde
Lärmend hereingestürmt; da verließ der liebliche Schlaf
    sie.

Und mit den Händen die Wangen sich reibend, sprach
    sie die Worte:
‹Wahrlich, ein milder und tiefer Schlaf umhüllte mich
    Ärmste.
Möchte doch einen so sanften Tod gleich jetzt mir die
    reine
Artemis senden; dann brauchte ich nicht mehr
    jammernd im Herzen
Mir das Leben verzehren, den lieben Gatten ersehnend,
Der durch vielerlei Gaben hervorstach bei den
    Achäern.›»

Wir sitzen und schweigen. Ganymed ist ein Stellvertre-
ter, ein Werkzeug. Ich halte still, ihr Gewaltigen, weniger als den Christengott kann man euch fragen, bitten.
Bei euch allein liegt es, den Auftrag zu geben, Ganymed möge mit seiner Stimme die letzte entscheidende
Dimension einsetzen, die mein Herz stillstehn läßt. Ich
möchte nach Thessaloniki fahren, sagt Ganymed. –
Was du willst, geht über meine Kräfte. Moira hat mich
zwar gut ausgestattet deinetwegen. Doch wir brauchen
zwei Stunden, dann ist es Nacht, der tosenden Stadt
bin ich nicht mehr gewachsen, kannst du niemand anderen finden, der das Lichtergefunkel mit dir genießt?
– Hast du die Schienen gesehn? Dort ist ein Bahnhof.
Laß das Auto stehn. Wir fahren mit dem Zug. Am Hafen kann man zu jeder Nachtstunde Essen, ein Bett finden. Ich möchte nichts als ein Schiff, das nach Troja
fährt. Es geht nur mit dir. – Die Züge fahren nicht,

wann du willst. Die Schiffe schwimmen nicht einfach nach Troja. Warum läßt du dich nicht von Eos hinbringen? – Als Mensch habe ich nicht die Erlaubnis, meinen Ursprung zu suchen. Du weißt, wie die Götter strafen. Und ich bin gern bei Zeus. Laß uns Fisch essen gehn. –

Die Reihe der Restaurants mit der Front zum Meer, gegenüber der Eingangsseite von der Straße her Pelz-Etablissements, zu müde, den Nobelherbergen zu mißtrauen, schon sind wir dem Kellnerballett ausgeliefert, den künstlichen Blumen, dem Plüsch, Wände, Vitrinen, Pagoden von Weinflaschen rücken auf uns zu, Etiketten aus aller Welt, Spirituosen, gefüllt in Glasbläserphantasien, die Fische gebettet auf zerhacktem Eis, zum Auswählen, fangfrisch, wie lang sie dort liegen, ich frage nicht mehr nach trüben Augen, den matten Schuppen, Hauptsache, sie haben keinen Pelz. Ganymed wird von drei Mundschenken umwedelt, weil er gezielte Fragen nach dem Wein stellt, die ich nicht verstehe. Der Fisch ist kein Fisch mehr, als er serviert wird, gelbliche, in Öl schwimmende Tranchen sollen vom Morgenrötefisch stammen, den ich ausgesucht habe? Wir essen schweigend, verlassen die Gespensterstätte.

Da ist der Bahnhof, halt an, ich will nachsehn, ob ein Zug nach Thessaloniki fährt. Schon ist er aus dem Auto gehüpft. Ich parke ein, warte, die Zeit vergeht. Dann hinke ich in das kleine Bahnhöfchen. Nirgends Ganymed. Ein paar Männer rauchen, reden. In einem Nebenraum hängt ein großer weißer Karton, dichtbekritzelt, Buchstaben, Zahlen, es soll wohl ein Fahrplan sein. Zurück zum Auto. Warum kann dieser Zustand der Schönheit, des Staunens, des Glücks auf der Wiese, unter den Bäumen, auf der Höhe der Küste, am Strand, auf den Kieseln, im Wasser nicht dauern, länger als zwei, drei Tage lang rein erhalten bleiben? Bin ich daran schuld? Liegt es an mir, die nur stundenweise aushält ohne die zuckende Unruhe Leben? Spielt seine durch mich gestörte Vollkommenheit die Schübe des Menschseins mit? Ganymed, einsteigend, mürrisch: Den Fahrplan kann man nicht lesen. Links ab, nach Hause. – Moira, Instanz der Instanzen, Schicksalströdlerin, was willst du mir zeigen? Die Vermessenheit meiner Reise? Warum zwingst du mich durch die Nacht, aufblenden, abblenden, Blinker rechts, Blinker links, Ganymeds Tadel, wenn ich's vergesse, die Ränder der Straße verwischen sich, du weißt, daß ich weiß, wie alt ich bin, Moira, und dich mit jedem Atemzug preise, den du mich alterslos sein läßt, hier, jetzt, seit du mich, du allein, auf die Reise schicktest, damit ich des nicht mehr zu übertreffenden Überdrusses an meinem Jahrhundert überdrüssig werde – es ist Mitternacht. Sylvia-Camping schließt seine Tore. Vor unseren Hüttentüren sagt Ganymed: Schlaf gut. Wie lang hat das keiner gesagt! Ich halte es für einen Segenswunsch

Doch ich träume von der Skyline Frankfurts und von dem Dorf an der polnischen Grenze, und wenn ich aufschrecke zwischendurch, steck ich in einem Szenarium aus Angriff, Flucht, Verfolgung, Totschlag, Mördern, Räubern, Soldaten, Rittern, Schnellfeuerwaffen, Äxten, Pfeilen, Messern, Speeren, Flammenwerfern, Schwertern, Fausthieben, Karateschlägen, Raketen, menschenzerreißenden Hunden, Autos, aus denen unablässig geschossen wird, bevor sie explodieren, Schiffen, Flugzeugen, auf mich zurollenden Panzern, Wagengespannen mit geschmückten Pferden, Helmen aus Gold, Silber, Stahl, Plastik, Masken, verhängten Gesichtern, Körperteilen, die mich umwirbeln, Regen aus Blut, froststarren abgetrennten Armen mit Händen, senkrecht emporstehend, Planwagen voller Sklavinnen, gestohlener Kinder, Verhungernde, herausgeworfen, Bestien in Männergestalt, Vulkanausbrüchen, Taifunen, Erdbeben, stürzenden Türmen, versinkenden Hütten … «Schlaf gut», was träumen Götter? Unsterbliche, Androgyne, Janusköpfe, die nach Troja wollen? Langweilt ihn die Lust, sich mit Eos im Meer zu vermischen? Jahrtausendelang im Olymp Nektar einzuschenken? Was für Samen, Blüten, Wurzeln, Pilze muß Ganymed im kristallenen Mörser zerstampfen, mit Honig und Tautropfen in Mischgefäßen schütteln, bis sich die Götter berauschen können? Welche Ingredienzien steigern die Lust, die Stärke, überall zu sein, zu erscheinen, sich aufzulösen, ihrem Zorn, ihrer Liebe den Stempel aufzudrücken?

Es ist schon hell, ich halte mein Gesicht unter den Wasserstrahl vor der Hütte, taumle zum Meer. Ganymed kommt geschwommen, wie beim erstenmal, über uns der Olymp, wir spielen Delphin, er lacht, manchmal ist es ein ganz leises Jauchzen, das bis zum Meeresboden dringt; ein Tag, als der Mensch erschaffen wurde

Er geht zum Duschen links auf dem Platz, ich nehme stets die am Weg liegende; als ich eintreffe, hat er Brot unterm Arm, Feigen, Eier vom Markt in den Handmuscheln, Kaffeewasser kocht, es gibt Rührei, Honig, manierlich versuche ich die Feigen zu essen, die ich in mich hineinstopfen muß, wenn keiner zusieht – in Lesbos stand ich unter Feigenbäumen im Meltémi, meine Totenklage vermischte sich mit dem Mark der zerplatzenden Früchte – vorbei, kusch, es gibt nichts, als was *ist*, Atemluft, mühelos, ohne ein Gestern, Ganymed schiebt einen kleinen Papierblock, Bleistifte in sein Gewand, ich soll es nicht bemerken, doch er sieht, daß ich sah, sagt: Ich gehe zeichnen, nur das Meer, die Küste, kein Boot, keinen Menschen

Ich räume den Tisch ab, fülle die Badetasche, als Kopfkissen zu benutzen, geh an den Strand. Er ist nur noch ein kleiner Punkt, südwärts, hell im Hellen, dem Ossa entgegen. Ich lieg auf den Kieseln, im Schatten, schlafe, wach auf, wenn ich steif bin, geh ich auf die Terrasse, laß mir von dem Jungen Limonade bringen, zwischendurch einen griechischen Kaffee, die Sonne wandert, Schwimmen, auf die Terrasse gehn, Ganymed sitzt da, ißt Salat, geht schwimmen, sagt: Siesta, bis später.

Ganymed macht einen Kreis aus Kieseln, sagt: Setz

dich hinein. Einen Kranz aus Strahlen trägt das Gebirge, hinter dem die Sonne noch Zeit hat

Neunzehnter Gesang

«Und die Alte ergriff die blinkende Wanne
Die zum Waschen der Füße diente, und füllte viel kaltes
Wasser hinein und schöpfte dann warmes dazu; doch
      Odysseus
Rückte nun ab vom Herd und wandte sich schleunig ins
      Dunkel;
Denn gleich fiel es ihm ein, die Alte werde die Narbe
Beim Berühren erkennen und alles komme zutage.
Die trat näher und wusch ihren Herrn; und gewahrte
      die Narbe
Plötzlich, die einst ihm schlug mit weißem Hauer der
      Eber,
Als zum Parnaß er ging mit Autólykos und seinen
      Söhnen,
Zu seiner Mutter tüchtigem Vater, der unter den
      Menschen
Meister war im Stehlen und Hehlen, das hatte ein Gott
      ihm,
Hermes selber, verliehn; denn dem zu Gefallen verbrannt
      er
Schenkel von Lämmern und Zicklein; […]
Diese erkannte die Alte, als sie, mit den Händen darüber
Streichend, die Narbe berührte, und plötzlich ließ sie
      den Fuß los;
Und es fiel das Bein in die Wanne; die dröhnte vom
      Erze,

Kippte zur Seite um, und das Wasser floß über den
    Boden.
Freude und Schmerz zugleich ergriffen sie, und ihre
    Augen
Füllten mit Tränen sich an, und es stockte die blühende
    Stimme.
Doch dann faßte sie ihn ans Kinn und sprach zu
    Odysseus
‹Ja, du bist es, Odysseus, mein liebes Kind, und ich habe
Nicht dich erkannt, als bis meinen Herrn ich ringsum
    betastet.›
Sprach's und sah mit den Augen hinüber zu Penelopeia,
Um ihr zu zeigen, ihr lieber Gemahl sei wieder zu Hause.
Doch die konnte nicht hin zu ihr blicken und es
    bemerken,
Denn Athene lenkte den Sinn ihr ab ...»

Wenn du Lust hast, könnte ich hier ein Feuer machen
und etwas braten, sagt Ganymed. Ich nicke; kein Ja,
kein Dank für den Vorleser, die Arme über der Brust
kreuzen, mich verneigen. Noch sitz ich im Steinkreis,
und meine Gedanken sind bei Eurykleia, die so alt ist
wie ich. Geh Holz suchen, ich habe schon etliche Bü-
schel zusammengetragen. Inzwischen hol ich, was wir
essen können, sagt Ganymed. Ästchen, bleistiftgroß, zu-
rechtgebrochen, akkurat gebündelt zwischen Steine ge-
klemmt, trag ich zum Steinkreis, versuche, Wurzelge-
strüpp, Dornenzweige zu brechen, sie in eine Form zu
bringen wie Ganymed, umsonst, die Hände bluten,
kleine Kiefernzapfen wenigstens werden ihm recht

sein, inzwischen hat er den Kreis mit Kieseln verstärkt, dann kniet er inmitten, richtet mit dürren Halmen eine winzige Pyramide auf, als spiele er Mikado, darüber baut er eine zweite, dritte Pyramide aus Schilfstengeln, am Schluß die vorbereiteten Ästchen, ich kauere außerhalb und sehe entgeistert seinen Vorbereitungen zu, Vergleichbares sah ich nur bei Beduinen, in strauchlosen Stein- und Sandwüsten. Ohne die Fingerfertigkeit, die Grazie, hätte Zeus diesen Mundschenk erwählt? Natürlich muß ich an Opferfeuer denken, als er das brennende Streichholz behutsam in die Mitte der innersten Pyramide hält und das stufenweise Überspringen des Feuers in Gang setzt, bis endlich meine Dornen und Zapfen an der Reihe sind, nicht ohne Nasenrümpfen. Bevor sie niedergebrannt sind, können wir lang in die Flammen schaun. Dann·erst legt Ganymed Kartoffeln in die Asche, scharrt einen muldigen Stein vom Küstenfels frei von Glut, legt kleine Fleischstückchen darauf, sagt, es ist Hühnerleber; über dem Meer ist schon Dämmerung hochgestiegen, die keine Nacht werden kann, der volle Mond, dem noch ein Tag fehlt, schwebt langsam empor, bis auch die letzten Farben einer atemraubenden Skala zwischen Grau und Silber gewichen sind, bis er klar und kräftig die Herrschaft antritt über dem transparenten Meer, das nirgendwo endet. Ganymed reicht mir eine Kartoffel, in Feigenblätter gehüllt, auch die Leberstückchen serviert er so. Mit den Fingern streif ich die Asche ab, verbrannte Schalenstücke

In das Schweigen hinein sagt Ganymed: Helios'
Herrschaft ist allen klar. Selene macht euch Schwierigkeiten. Ihre wechselnden Namen, Gesichter. Eos trennt
und vermittelt. Die drei Geschwister halten sich abseits
vom Rat der Götter und ihrem Wandel, sie sind einge-
bunden in ihre Aufgabe, das Unverrückbare, das keine
Abweichung durch Laune duldet, nicht mit sich handeln läßt. Selene, Lenkerin der Natur, hat den Rhythmus geboren, auch die Götter müssen sich ihm ausset-
zen, keiner kann eingreifen. Die Menschen lernten nur
mühsam, ihn zu begreifen, und nannten die Mondgöt-
tin barbarisch. Selene zieht das Wasser an, sorgt für
Ebbe und Flut, regelt die Kraft der Gezeiten, läßt Welt-
meere steigen und fallen; auch sie hat Spielräume für
Lust: Springfluten, die über die Erde herfallen, ihre Ver-
schonung des griechischen Meeres, der Küsten, wo Söh-
ne und Töchter von Göttern leben, die sterben müssen,
wenn ihre Zeit um ist. Erst als die Menschen Selenes
Phasen begriffen, waren sie im Besitz der ersten Uhr
des Menschengeschlechts. Sieben Mondtage gleich vier
Viertel. Mathematik, Geometrie, als das Auge die Hälften erkannte, die geteilten Hälften teilte, und als sie
nichts mehr teilen konnten, sich im Besitz der Allmacht
wähnten. Zwischen Irrtum und Mißverständnis ließ sich
ein lunearer Kalender entwickeln, von wem anders als
Julius Cäsar abgeschafft. Für dich ist der Mond nach
Belieben männlich und weiblich, Ein Fetisch, den man
benutzen kann.

Meine Mutter lehrte mich noch säen und pflanzen,

sage ich, und ernten nach dem Stand des Monds. Kräuter und Früchte sammeln. Salzen. In Honig, in Essig legen. Einkochen, wenn er am Himmel erschien. Sie richtete sich danach, auch wenn ihn Wolken bedeckten. Sie wußte, wenn man Holz fällen, Heu mähen soll. Wäsche waschen, damit sie weiß wird. Den Fußboden scheuern, die Steinfliesen vor dem Haus. Die Tage, um Fuß- und Fingernägel zu schneiden, das Haar. Wann Zähne plombiert, Wunden behandelt werden sollen, was es bedeutet, ob der Mond den Wassermann oder die Jungfrau durchwandert, wenn man über Dachfirste tanzen kann und ringsum die Wölfe heulen. In der Schule lernte ich, bei Neumond und Vollmond addieren sich die Gravitationskräfte von Sonne und Mond, und deshalb kann geschehen, was geschieht. Später sah ich im Fernglas die bleichen Gebirge, die kein Weiß übertrifft, und die lavagefleckten Tiefebenen im Teleskop. Später kaufte ich einen Abdruck von Armstrongs Stiefelsohle im Mondstaub jener zwanzigsten Julinacht. Heute erklärt die Wissenschaft, Mondsucht sei Einbildung, ebenso der Zusammenhang zwischen Luna und Libido, heulenden Hunden und Eisbären, keine Zunahme der Geburten und Todesfälle, keine Steigerung von Aggressionen, von statistisch nachweisbaren Polizeieinsätzen.

Ganymed sagt, ich möchte Naussa trinken, laß uns auf die Terrasse gehn. Beim Treppensteigen schon weiß ich, ich habe versagt. Der Gott, anstatt mich zu bestrafen für die Enthüllung seiner Herkunft, belohnt mich mit Selene, mit dem Geheimnis der Olympischen, die kein Gestern, kein Morgen kennen. Warum ließ ich die Armseligkeit meiner Wörter in den Steinkreis seines Opferrituals fallen, noch immer den Geschmack verkohlter Schalen auf der Zunge

Schweigen. Nachdem ich mein ganzes Glas Wein geleert habe in dem Wahn, ich dürfe jetzt tot umfallen wegen der Kontraindikation zu meinen Medikamenten, sagt Ganymed in die Stille hinein: Das mit dem Ossa ist so: Der Menschenlärm auf dem Olymp hat uns gestört. Im Sommer ziehen die Götter sich auf den Ossa zurück, außer Hephaistos und Ares, die Wache halten, weil sie Geschrei und Krach mögen. Der wiederbelebte Menschenrest in mir zog mich nach Norden, wie du bemerkt hast, doch bald ist er ausgelöscht, und ich kehre zurück auf den Ossa und mit Zeus zum Olymp. Ich greife nach einer Zigarette, als Ganymed mir die Schachtel Papastratos hinhält. Sieht an meinen Bewegungen, daß ich nie geraucht habe. Wir lachen.

Heute ist der Abschied vom Meer. Warum weiß ich es, ohne zu wissen. Keiner läßt sich etwas anmerken. Wir tummeln uns im seidenglatten Wasser. Nach dem Frühstück sagt Ganymed, ich gehe zeichnen. Was sollte ich tun, als den gestrigen Tag wiederholen. Baudrillard bleibt in seinem Versteck. Alle Gedanken an ihn sind getilgt, der Tag wird entscheiden, ob ich ihn jemals wieder brauche. Ohne Emotion über das üppige Grün der Feigen- und Quittenbäume, Lorbeer, Platanen, am Felshang im ausgetrockneten Bachbett, Efeu, Disteln, karge Blumen nehme ich nicht mehr wahr, Schmetterlinge und schwarze Vögel, zieh einen Schleier über die Augen, vertreibe die hellwachen Gedanken, der Tag soll der Abwesenheit des Menschen gehören.

Der Tag gehört den Elementen. Mit dem Feuer gestern abend begann er. Ganymeds Aufenthalt im Wasser half, mich ihm einzuverleiben. Die Luft ist nur eine Leihgabe. Die Erde muß warten, bis ich tot bin. Eins sein, mich leer machen für diesen Tag. Als wüßt ich nicht, nach Jahrzehnten voller Greuel, Glück, Niederlagen, Triumphen ist es zu spät, durch Kasteiung, Verzicht, Meditation mich zu verwandeln; ich bin ein Käfer, der auf dem Rücken liegt, abgestürzt, als er den Helikon erklimmen wollte, die Flügel waren gebrochen

Mit dem Körper im Schatten kann ich mich dem glühenden Erz Helios' überlassen. Empfand ich je solches Gleichgewicht: Kein Nebelstreif überm Wasser, keine Brise, das Stück Erde, wohin Moira mich führte, ist rein wie am ersten Tag, während ringsherum die künftigen Nutznießer mit ihren Erdbewegungsmaschinen näher rücken; die Unreinheiten kann ich nicht abschütteln, mein Gehirn macht, was es will, läßt mich einschlafen, aufwachen mit Ganymeds Gesicht, das meine Augen mit großer Anstrengung nicht verzehren dürfen, von dem ich mich von Minute zu Minute losreiße, wenn es da ist, mich sofort leermache von einer

Gegenwart, die mehr sein will als die uns umgebende Luft, wenn ich wie blind in die Ferne, aufs Wasser, den Fels, in Baumkronen blicke, damit ich rasch wieder zurückkehren kann in das helle Oval der Behausung, Zuflucht, die ich doch fortwährend verlassen muß. Von welcher Art ist diese Vollkommenheit, zeitlos, alterslos, vor Jahrtausenden entstanden, keiner Statue, keinem gemalten, gemeißelten Jünglingskopf, keinem mir je zugeneigten Männergesicht vergleichbar, Regungen tragen sich darin zu, ein kurzes Kräuseln des Wassers, ein Hauch auf dem Spiegel, woher fliegt mich das an: die Vermengung Glück–Schmerz, die ich aushalten muß, stammt sie von dieser bodenlosen Melancholie, ist seine Schönheit die Trauer, von der er nichts weiß? Nicht weiß, was die Götter ausgelöscht haben, damit er ebenbürtig sei, nicht weiß, daß in den Tagen des geborgten Menschseins ihm alles gewährt wird, nur nicht Erinnerung. Was ist eine gegenstandslose Trauer? Eine nicht zu beseitigende Trauer, nichts, was man abschaffen kann, unabänderlich wie Augen, Stirn, Nase – die Trauer war nicht in Troja. Die Schönheit, die Zeus verführte, war etwas anderes. Was mich versehrt, kann kein Gott in seinem Gesicht erkennen. Deshalb die Odyssee? Sein Vorlesen gilt ihm selbst, er hat sich gesucht und mich gefunden, ich bin es, die jeden Gesang mitnimmt in den Tod, die nichts mehr ausplaudern kann. Irgendwann, anfangs schon, muß es mir gelungen sein, ein Lächeln auf die schmalen Lippen, den Schwalbenflügelmund zu locken, ich sah, wie es die

Trauer an sich riß, übergangslos, ohne die geringste Spur; das Lächeln kühlte, was die Trauer versengt hatte, es spaltete mich, doch ich mußte beides mit ein und demselben Wort benennen, herzzerreißend. Der Unterschied: Wenn er nicht lächelte, verharrte ich im Gleichgewicht des Verstummens. Warum vergesse ich die Behutsamkeit, damit er lacht, hell auflacht, als jauchzten die Gräser, Blumen, Bäume, alle meine Wörter rufe ich auf den Plan, auch die verschollenen, versammle blitzschnell ohne nachzudenken mein lebenslanges Durcheinander zu einem Ballett mit der Klarheit, die mir manchmal zu Gebote steht, die ebensooft versagt. Als könne ich das choreographieren. Bis er jäh und heftig das Lachen leid ist und meine Kapriolen. Dann geht es mir jämmerlich. Wort und Gegenwort verwandeln sich in Pfeile mit Widerhaken. Als könnte ich ablassen von diesem Zustand davor, danach! Als hätt ich das in der Hand.

Walnüsse sind reif, ich klopfe sie zwischen zwei Steinen auf, springe nach einem Mandelbaumzweig, um ihn herabzubiegen, Ganymed nähert sich sehr rasch von fern, wirft sein Gewand auf den Felsen, springt ins Meer, ruft: Komm! Warum bricht es nicht, mein verdammtes Herz. Noch einmal der braune Kopf im Wasser, noch einmal der Körper, den sich der höchste Gott wählte, von dem jetzt die Tropfen abperlen

Auf der Wiese vor den Bungalows stehen Zelte, zwei kleine Busse, junge und nicht mehr junge Frauen, Männer quirlen durcheinander, packen aus, bauen auf, richten sich ein, leise, höfliche Stimmen in einer östlichen Sprache, wir fliehen auf die Terrasse, wo es noch still ist, der Wirt rudert mit seinem Boot auf dem Meer, Eiskaffee, Pinienkerne

Zwanzigster Gesang

«Aber im Vorhaus lagerte sich der hehre Odysseus;
Legte ein ungegerbtes Rindsfell unter und drüber
Viele Felle von Schafen, die die Achäer geschlachtet;
[...]
Gegen die Brust sich schlagend, schalt er das Herz mit
    den Worten:
‹Halte noch aus, mein Herz! Noch hündischer war's, was
    du aushieltst,
Damals an dem Tag, als der ungestüme Kyklop die
Wackren Gefährten fraß; du ertrugst es, bis deine
    Klugheit
Dich aus der Höhle führte, der du zu sterben schon
    wähntest.›
Also sprach er zu seinem Herzen mit scheltenden
    Worten.
Und da schwieg es gehorsam still und duldete standhaft.
Er aber wälzte sich selbst von einer Seite zur andern.
Wie wenn ein Mann einen Magen auf heftig loderndem
    Feuer
Fett- und blutgefüllt von einer Seite zur andern
Wendet und wünscht, er wäre recht bald zu Ende
    gebraten,
Also wälzte auch er sich hin und her, überlegend,
wie er am besten Hand anlege den schamlosen Freiern,

Er allein gegen viele; da kam ihm nahe Athene
Hoch vom Himmel herab – sie war an Gestalt einer
    Frau gleich.
Und sie stellte sich ihm zu Häupten und sagte die Worte:
‹Warum wachst du denn noch, unseligster aller der
    Männer?
Ist dies doch dein Haus; und deine Frau ist im Hause
Und dein Sohn, so trefflich, wie ihn sich mancher wohl
    wünschte.
[…]
Mancher vertraut doch auch geringerem Freunde,
Selbst wenn er sterblich ist und nicht so vieles im Sinn
    hat.
Ich aber bin eine Göttin, die dich beständig in allen
Mühen und Nöten beschützt; das lasse dir offen gesagt
    sein;
Selbst wenn fünfzig Haufen sterblicher Menschen uns
    beide
Hätten umstellt und trachteten, uns im Kampfe zu
    töten,
Denen sogar noch raubtest du Rinder und kräftige
    Schafe.
Drum umfange dich nun der Schlaf; denn schlaflos die
    ganze
Nacht zu wachen ist Qual; du tauchst ja nun auf aus
    den Übeln.›
Also sprach sie, die hehre Göttin, und senkte auf seine
Lider den Schlaf und kehrte dann selber zurück zum
    Olympos.»

Der Wirt kommt die Treppen hoch auf die Terrasse, mit einem Eimer in der Hand. Ganymed sagt: Wir haben Hunger, und sofort zählt der Wirt die Reihe der Speisen auf, die seine Frau für den Abend zubereiten könne. Wir aber blicken so lustvoll in seinen Eimer mit den eben gefangenen Fischen, bis er sagt: «Soll ich vielleicht zwei davon auf den Grill legen?» Ja, bitte, sagen wir gleichzeitig und strahlen ihn an. «Und dazu die letzte Flasche von meinem alten Naussa?»

Ist es leicht, ist es schwer, das Schweigen zwischen uns? Ganymed nicht zu sagen, daß dieser Mann vor dreitausend Jahren in Ithaka, wie er sich schlaflos auf seinen Fellen wälzt, ein Mensch von heute sein könnte? Ein Mensch, wie der Gott gewordene einer war. Ist es leicht, ist es schwer, das Wort gestern, morgen hinfort nicht mehr auszusprechen? Der Junge stellt Brot auf den Tisch, öffnet den Wein. Ist es leicht, ist es schwer, nicht von Hölderlin zu erzählen? Der Wirt bringt zwei Teller. Auf jedem liegt ein gegrillter Fisch, nichts weiter, ein Fisch in der Größe, als sei es der goldene Schnitt des Begriffs Fisch, der als Nahrung dem Menschen dient. Nach dieser Zeremonie beleben wir uns. Können plaudern. Müssen nicht reden. Der Wirt kommt, holt seine Lobpreisung ab, sagt, gleich kommt die polnische Gruppe. Es sind Studenten, Archäologie, bezahlen tut eine deutsche Schule. Sie feiern Abschied.

Gegessen haben sie vor ihren Zelten, an einem langen Tisch mit Bänken. Der Junge macht Musik, läßt seine Stereoanlage glänzen. Dann hat er zu tun mit den Getränken. Die Leiterin, eine bebrillte Frau mit strengem Scheitel, spricht lang; der eine, die andere stehen auf, gehen zu ihr, erhalten ein kleines Geschenk, eine Urkunde, zwei junge Männer, ein Mädchen halten eine Rede, es wird geklatscht, etliche sind wunderschön, schwarz, blond, rothaarig, warum nur ist alles so verkrampft? Ich bitte den Wirt um seine griechische Musik. Er wiegt bedenklich den Kopf. Ich gebe nicht nach. Die zweite, dritte Kassette. Sirtaki. Umsonst. Sie diskutieren kreuz und quer, lebhaft, sie hören nichts. Sie können nicht hören, selbst wenn es die Posaunen von Jericho wären, es berührt sie nicht, dringt nicht ein, fährt ihnen nicht in die Glieder, ich aber fahre fort mit meiner Torheit, als hätt ich nie aufgehört damit, die Lieder, die Tänze sollen die Fremden entzünden, wie immer, wie überall unter diesem Himmel, auch möchte ich Ganymed die schönsten der Mädchen, der jungen Männer zeigen, vom anderen Ende Europas, ihre andere Grazie, ihre anders klugen Gesichter, genährt von den Künsten eines fernen Landes, während sie tanzen. Ich überrede den Wirt, seine Frau zu holen, einen Freund aus dem Boot, sie sollen den Tanz ihrer Heimat tanzen, bitte, ich meine nicht als Touristenshow, die aus dem Norden, die Hellas ausgraben, sollen zum Abschied noch die Melodie, den Rhythmus Griechenlands mitnehmen. Die Frau, der Freund des Wirts kommen, der Junge legt Alexis Sorbas auf, das wenigstens könnte funktionieren, die Griechen tanzen Sirtaki, gehn auf die Polen zu, nehmen sie bei den Händen, ziehen sie in den Kreis, der größer wird, es kommt nichts zustande, der Funke zündet nicht, die Grazie der Mädchen erstarrt, ein höfliches Wiegen des Oberkörpers, die einfachen Kreisschritte, von der Frau vorgemacht, geraten ins Stolpern, ein Paar versucht einen Walzer zu tanzen im Siebenachteltakt, ein anderes Rockrhythmus gegen die Musik, die Frau läuft weg, der Freund verschwindet, mir rinnen die Tränen übers Gesicht, nachdem mich das alles doch nichts mehr angehen sollte. Der Wirt sieht mich an, mitleidig, resigniert, zuckt mit den Schultern, Ganymed steht abrupt auf, sagt, laß uns noch eine Weile gehen, am Meer, wo die Fische in unserem Bauch herkommen.

Weil ich ihn nicht behindern will in seinem Tempo, gehe ich, so schnell mich die Füße tragen; als der rechte Knöchel sich über die Kiesel beklagt, beschleunige ich meine Schritte, am Ende so rasch, daß Ganymed demonstrativ hinter mir bleibt; dieser Weg und diese Nacht sollten uns einander vertrauter machen, ich wollte verhindern, daß kein Gefühl, kein Gedanke in mir aufkommen, die er nicht teilen kann – doch der Abstand, der zwischen uns klafft, ist unüberbrückbar. Ich wechsle auf den schmalen nassen Sandstreifen, vergesse, was gehen ist, die Schwerkraft; mein Körper wird vom Himmelskörper auf eine Bahn gedreht, wo inmitten all des Leuchtens aus Wasser und Licht ein breiter Streifen Silber, kühles, glühendes Silber vor meinen Füßen weit hinaus und dann in die Höhe führt, schon sind meine Knöchel vom Wasser umspült, nie wieder würde es unbeschreiblich einfach sein weiterzugehn, einfach nur weiter in das Angebot dieser Nacht, die Galaxie zu vergessen, mich Selene anzuvertraun, die das obere, untere, mittlere Leben befruchtet, diesen Augenblick im August ihre Vollkommenheit über mich gießt, einen Weg auf das Meer schüttet, mich an der Hand nimmt

Ganymed berührt mich am Arm, dreht mich um, zeigt hinter sich auf die Kiesel, geht voran, ich folge, wie kann ich wissen, ob ich sein Auftrag bin oder sein Spielzeug, das Selene ihrer Schwester zulieb nicht verärgern will; ich stolpere durch die Steinwüste des Monds, dreihundertvierundachtzigtausend Kilometer zur Erde zurück, viermal so hoch sind die höchsten Gebirge als der Olymp, erst auf dem langen Weg durch das nachlassende Licht meiner Erscheinung kommt sie mir in den Sinn, der ich Ganymed einzig verdanke: Eos, kein Jota weniger steht ihr zu an Dreifaltigkeit, ich ließ mich von der schmerzlosen Macht der Mondin verleiten, hatte sie nicht ihre Not und ihr Glück durch einen Sterblichen wie die Schwester? Jetzt brennt mein rechter Fuß wie in Flammen, auf dem Mond steigen die Temperaturen bis zu hundertdreißig Grad tags, während nachts minus hundertsechzig Grad Kälte herrschen. Er hat keine Schutzhülle. Ganymed, weit vorausgehend, kann mein Gemurmel nicht hören; wissenschaftlich gesehen war der Flug ohne Bedeutung ... der Grundstücksverkauf auf dem Mond begann ... siebenhundert eingetragene Parzellen... das staatliche Gericht verfügte, er gehört niemand und darf nicht verkauft werden ... bald ließ das Interesse nach ... es lohnt sich nicht mehr, auf den Mond zu fliegen ...

Irgendwann sind wir zurückgekehrt. Niemand ist wach. Die Polen liegen auf der Wiese in ihren Schlafsäcken zwischen den Zelten, noch einmal den Süden im Körper. Sie sind unschuldig. Mein Aufwand, sie zum Tanzen zu bringen, wurde durchkreuzt von einer anderen Macht. Wollte ich, ohne es zu wissen, unseren letzten Abend, die Nacht unterm vollen Mond, Selenes silberne Straße aufs Meer verhindern? Hab ich gefürchtet, die Hoffnung erfülle sich nicht: Die Reise nehme ihr Ende in dieser Nacht von selbst? Ganymed winkt mich zum Eingang des Camps, wo die Tore geschlossen sind, dort sitzt ein Alter auf einem Stuhl und spielt Flöte. Keine hölzerne, ein Metallinstrument. Er ist allein, nur bei sich, sein Sitzen ist dreitausend Jahre alt: Aus ihm spielt Pan, aus ihm spielt Marsyas, er bricht nicht ab, als wir in der Nähe stehenbleiben, ich sehe die Wirkung dieser Flöte in Ganymeds Gesicht, ich kann mich nicht auf die Erde werfen, zu der er mich zurückgebracht hat. Am Ende leg ich die Hände aufs Herz, verneige mich vor dem Alten. Er sieht mich an. Ganymed zeigt mir, im Entfernen, ein Lager auf Pfosten mit Fellen bedeckt, an einer Außenwand des Gebäudes, sagt: Manchmal schläft er ein Weilchen. Er ist der Besitzer dieses Stücks Erde. Sein Sohn, die Frauen, der Enkel besorgen es. Er ist der Wächter, ich höre ihm schon die dritte Nacht zu. Ich aber denke an die Zeit, als er die Partisanen versteckte, als man ihn auf die Verbannungsinsel brachte, als sein Sohn nach Gelsenkirchen mußte ...

Die Nacht war kurz, es ist schon hell, als ich aufwache, auch die Rosenfingrige ist schon verschwunden, trotzdem kein Meer, ich will nicht wissen, ob ich allein wäre im Wasser. «Alles ist möglich, nichts ist möglich»: duschen, aufräumen, Auto packen, das Blickfeld auf zwei Meter einschränken, die Zeit der Phantome ist vorüber, Vollmond war gestern, heut ist heut, wir haben kein Wort darüber gewechselt, ob er kommt, nicht mehr kommt, daß ich aufbrechen würde, brauchte nicht erwähnt zu werden. Der Abschied war groß, kein Extrasegen, noch liegt das Brot, steht der Honig auf dem Tisch vor der Hütte. Ich höre Singen, die Zelte sind schon abgeschlagen, sie gehören dem Camp, aufgereiht stehen die Polen vor ihrem langen Tisch, gegenüber ein improvisierter Altar, zwei Bockleitern, ein Brett, ein weißes Tuch, auf dem die Meßgeräte stehen, zwei junge Priester davor in ihrer Amtstracht, Wechselgesang, Wortlitanei, sich bekreuzigen, niederknien, beten, singen – ich denke an das durch die Jahrhunderte zertrümmerte Volk, aus dem jetzt ein Papst hervorging zu seinen Ehren, zu wessen Unehren, nacheinander treten die Archäologen vor die zwei Gottesdiener, öffnen den Mund, lassen sich den Leib des Herrn auf die Zunge legen – als hätten die nicht getanzt wie die Einheimischen, wenn sie sichs getraut hätten, heidnische Tänze, auf heidnischem Boden, unter dem höchsten Sitz heidnischer Götter, ob sie wohl wissen, die Griechen spielen ihre orthodoxen Schauspiele so gut wie Woytilas Katholiken, die Polen machen den Aufbruch leicht, ich fahre zum Tor, bezahle die Übernachtungen, da steht Ganymed neben mir, läßt sich vom Wirt an die Schulter fassen, gibt dem Sohn, den Frauen die Hand, steigt ins Auto: Das Meer war heftig aufgewühlt heute früh. Wohin wolltest du fahren? – Nach Delphi, hintenherum. Durchs Tempetal. – Ich darf nicht fragen, muß blitzschnell entscheiden: kein Pelion, keine Kentauren, keinen Chiron für Ganymed, keine Bucht von Pagasai, nicht auch noch die Argonauten, das Musental, die Musen nicht, nichts, überhaupt nichts, laß ihn in Ruh, schweige, fahr, ob er merkt, wie ich bebe? Keine Bewegung, als wir am Ossa vorbeikommen, nur daß sein Körper verblaßt, zum Schemen wird, ich lasse die Fenster verschlossen, die Strecke ist Fahrarbeit, nichts sonst, Baumwolle, Tabak auf der Hochebene, das Thermometer zeigt vierzig Grad, eintöniges Näherrücken, Sichentfernen irgendwelcher Berge, Gebirge, wolltest du das nicht so, als du aufbrachst? Hättest du auch nur den Kopf gewendet in der Nähe der Thermopylen, an einen Leonidas gedacht ohne Ganymed? Allmählich nimmt er wieder Gestalt an.

Vor Lamia sagt er: Laß uns essen gehn. Es strengt mich sehr an, unsichtbar zu werden. Auch ist es überflüssig. Die auf dem Ossa wissen, was ich tu. Und doch ist es eine Geste des Respekts für meinen Herrn und Meister.

In einer Seitenstraße bleibt Ganymed stehen vor einer nüchternen Schaufensterscheibe, dahinter streift ein Wirt mit diesen spezifischen Handbewegungen etliche mächtige Hähne vom Spieß. Sein Kopf, sein Gesicht ein Amalgam aus den Gesichtern des Landes. Vier Tische, acht Stühle, mehr hat nicht Platz, hier essen Arbeiter im blauen Anton, die eben das Werkzeug aus der Hand legten, an der Theke stehend, auf einen Barhocker gestützt, weil sie wissen, wofür sie ihr Geld hinlegen. Ganymed zeigt auf einen Tisch, bestellt einen Hahn, fragt, ob ich die Hälfte möchte. Mir reicht ein Bein, sage ich, längst naßgeschwitzt bis auf die Haut. Ganymed trinkt ein Glas Wein. Als wir wieder im Auto sitzen, wird er ungehalten, weil ich die Karte öffne. Wozu? Alles ist angeschrieben, ich denke, du kennst dich aus? – Schon, aber –. Aber? – Es gibt drei Möglichkeiten. – Hintenherum hast du gesagt! – Wohin denn ich mit einem, der nicht weiß, wie es in mir aussieht, der sein Menschsein verlängert hat, eigenmächtig? Mit wessen Fürsprache? Der vielleicht etwas tut, was gegen die Regel ist? Die Götter setzen sich hin und wieder darüber hinweg, das Risiko bleibt, wie Zeus sich verhalten wird. Wann begreife ich endlich, was ich doch weiß: Ganymed ist nicht mein Begleiter. Irgendwer, etwas Weibliches könnte es gewesen sein, hat ihm eine Menschenaufgabe zugeschoben.

Warum kann ich mein Gehirn nicht ausschalten für diese letzte Reise und einfach fahren, ohne daß ich Ganymed durch Theben führen möchte wie er mich durch die Pelze, vielleicht haben sie gerade ein Fest gefeiert auf dem Olymp oder geschlafen und Ganymed weiß nichts von Jokaste, Antigone, Ismene, von Polyneikes, Eteokles, Kreon, diesen Werkzeugen seiner Olympier, die sich ewig an Prometheus rächen müssen. Oder die andere Straße, an deren Rand ich ihm Lethe und Mnemosyne zeigen möchte, erzählen, daß ich einst einen Film über sie drehte und ihr Wasser zum Trinken in einen blauen und einen roten Kanister füllte, die das Fernsehteam ständig verwechselte, was die Arbeit zwar komplizierte, jedoch den Film immer besser werden ließ; den Löwen von Chaironeia setzten wir als Wächter des Orakels an den Eingang der Schlucht, die letzte Einstellung drehten wir am Kreuzweg, wo Ödipus seinen Vater erschlug, eine große Schlange kroch über die Stelle, ich hatte geschrien, der Kameramann hielt darauf zu; als ich neulich im Funkhaus danach suchte, war alles längst auf der Müllkippe. Heute weiß ich, daß neue Teams neue Mythen mit neuen Kreuzwegen suchen und Schlangen finden. Als wäre ich auch nur einen Augenblick lang in Versuchung gewesen, einen anderen Weg nach Delphi zu fahren als hintenherum, wenn ich allein gewesen wäre.

Es ist immer noch heiß. Die Ausläufer von Giona, Parnassos, zwingen mich endgültig nach Süden; Angst, Vorfreude, auf und ab wie die Straße, Pässe, Kehren,

Felsen, Abstürze, die anderen Farben der anderen Erde, des anderen Gesteins, das Auto taucht in den größten Ölbaumhain der Welt: Er reicht bis ans Meer, wieder landeinwärts in eleganter Kurve ansteigend bis unter die Phaidriaden, das ist dort, wo die Pythia – laß es sein, Ganymed sieht und hört anderes. Doch ich kann Delphi nicht umgehen, wenn ich ihn hinaufbringen will, wo er allein sein kann.

Wortlos schraube ich das Auto empor, dreißig Jahre lang Glückszustände, jetzt Unsicherheit, hier sah ich einst die Lämmergeier, dort oben kreisten die Adler, schweig still, der Jüngling, der vieltausendjährige Gott nimmt Delphi nicht zur Kenntnis. Mir ist, als brauste ich vorbei, und es ist doch ein elendes Slalomfahren durch Menschen und Autos von überall her, aus den Augenwinkeln nehme ich etwas wie einen Glassturz wahr über der Kastalia, vielleicht halluziniere ich, eine Ameisenstraße aus Menschen bewegt sich darauf zu; vor vierzig Jahren in der Silvesternacht saß ich in der Tholos ohne Zäune und Gitter, einen Jünglingskopf im Schoß, der Flieder blühte, jag die Feinsliebchenerinnerungen zum Teufel, schau zu, daß du weiter, höher kommst, Arachowa, wo ich durch den Schnee fuhr einst im Mai, jetzt in Panik, nirgends die Ausfahrt im Gewimmel, die richtige, empor.

Ganymed zeigt mit dem Finger auf die Wegtafel. Gleich wird es uns wunderbar ergehn; wo die Kehren zu Ende sind, auf dem Scheitelpunkt der Straße, halt ich an. Steig aus. Das Hochtal. Meine Getreideebene.

Links der grüne maßvolle Berg, seine Geheimnisse, östlich überglänzt vom Widerschein der Sonne, die Gipfel des Parnaß, Apollons Reich, beginnend mit dem Gerontovrachos, losgelöstes, vollkommen kahles Bergmonument: Greisenfelsen, zartestes Rosa, verjährte Schauder bei seinem Anblick. Ich kanns nicht lassen: «Die wandernden Hirtengesellschaften haben einstmals hier ihre Alten hinuntergestürzt, wenn sie nicht mehr gehen konnten. Was hätten sie tun sollen?» – Jetzt bin ich an der Reihe, denke ich, unbewegt, wie rasch das ging. Wird mich einer hinabstürzen, oder muß ich den Schritt selbst tun? Die damals taten ihn wohl auch, während die Sonne aufging.

Ganymed blickt nur auf die entgegengesetzte Seite ins grüne Dickicht des maßvollen Berges und sagt: Als Odysseus auf den Parnaß mit Autolykos' Söhnen gegangen zu jagen, schlug ihm mit weißem Hauer der Eber die Wunde, an der ihn die Amme erkannte. Es ist das Gebiet des Dionysos, sag ich, anstatt zu schweigen, im Berg ist Korykion Andron, die Grotte, ich sah die Thyaden schwärmen, und die Bacchantinnen kamen von überall her einmal im Jahr, damit er sie in Ekstase versetze. Im Rauschzustand zerrissen sie Tiere und einen König und fraßen vom rohen Fleisch.

Dionysos ist bei Homer kein Gott, seine ekstatische Religion macht ihn zu einer Gestalt des Volkes, sagt Ganymed. – Apollon teilte sein heiliges Haus in Delphi mit ihm. Dionysos ist der Gott des Weins. Du bist der Mundschenk des höchsten Gottes. –

Weißt du denn, was da eingeschenkt wird? Glaubst du wirklich, ich möchte hierbleiben?

Es ist menschenleer. Auf dem Weg zu den Gipfeln gibt's eine Schutzhütte, es könnte werden wie am Olymp, als du – Ganymed bewegt viele Male verneinend den Kopf, legt ihn in den Nacken, weist mit dem Kinn nach unten: Und das da soll deine Kornebene sein? – Jetzt schweige ich, nicht weil das Korn längst geerntet ist, sondern weil schon mein erster Blick alle Hoffnung zerstört hatte: zerschnitten, zerstückelt, hier ein Hotelchen, dort eine Villa, verstreute Häuser, eine Sportanlage, asphaltierte Zufahrtssträßchen, nirgends Schafe, Ziegen, Esel, als hätt ich nicht unten schon die Piktogramme gesehn, Wintersport, Skilift, Schwimmanlage, und eine bequeme Straße, die bis an den höchsten Gipfel führt, auf dem ich Apollons wilden Widdern einstmals begegnet bin, bevor die Sonne aufging, es war eine Vollmondnacht, in der wir aufstiegen. Ganymed sagt: Steig ein, ich möchte ans Meer. – Wie lang halte ich noch durch? Er greift ins Lenkrad, dreht es nach links, dreihundert Meter, dann endet der Weg, schon ist er ausgestiegen, das gelbe Buch in der Hand: Komm – aufwärts durch Felsstücke, Disteln, weg ist er. Hinkend folge ich seiner Richtung, wie soll er wissen, in welchem Zustand ich bin, irgendeine sehr alte Frau in irgendeiner Hautfarbe auf der Flucht durch irgendeinen Krieg meines, nein irgendeines Jahrhunderts, an eine Sanddüne, eine Schneewehe zum Einschlafen denkend. Dann sehe ich ihn, emporwachsend, hoch aufgerichtet, be-

schienen von den letzten Strahlen, leuchtend von innen
heraus; sie haben ein Glanzfeld um ihn gelegt, Apollon,
die Musen, dahinter steigen, im Rosenlicht, unfaßlich
bleich, die höchsten Gipfel empor, ein kalter Abend-
wind fällt herab, ich lasse mich auf der Felsplatte zu seinen Füßen nieder, ohne zu stürzen

Einundzwanzigster Gesang

«Aber Ikarios' Tochter, der klugen Penelopeia,
Gab Athene den Rat, die Göttin mit strahlenden Augen,
Bogen und graues Eisen den Freiern zu bieten zum
    Wettkampf
In des Odysseus Hallen, und zum Beginn des
    Mordens. […]
Als zu den Freiern sie kam, die göttliche unter den
    Frauen,
Stellte sie sich an den Pfosten des festgezimmerten
    Daches,
Zog sich vor ihre Wangen sodann den schimmernden
    Schleier –
Je eine sorgliche Dienerin stellte sich ihr zu den Seiten.
Alsbald sprach sie die Freier an und sagte die Worte:
‹Hört mir zu, ihr mannhaften Freier, die in dies Haus
    hier
Ihr euch gedrängt zum unaufhörlichen Essen und
    Trinken,
Da der Mann so lange schon fort ist; und keinen andern
Vorwand hattet ihr vorzubringen in eueren Reden
Als den Wunsch, um mich zu frein und zur Frau mich
    zu nehmen.

Aber wohlan, ihr Freier, da dieser Wettkampf sich bietet,
Hier ist der große Bogen des göttergleichen Odysseus;
Wer am leichtesten spannt den Bogen in seinen Händen
Und dann noch den Pfeil durch alle zwölf Äxte
     hindurch schießt,
Dem würde ich dann folgen und dieses Haus hier
     verlassen
Meines Gemahls, das schöne, das angefüllt ist mit
     Schätzen,
Dessen ich noch im Traume, glaube ich, werde
     gedenken.›
So sprach sie und befahl Eumaios, dem göttlichen
     Sauhirt,
Bogen und graues Eisen nun den Freiern zu bieten.
Weinend nahm ihn Eumaios entgegen und legte ihn
     nieder.»

Ganymed, im Schwebezustand zwischen Mensch und
Gott, von Oben und Unten behütet, hat eine Gänse-
haut, als wir zum Auto zurückgehen. Wieder sind die
Jahrzehnte abgefallen von mir; den Hügel, auf dem er
eben stand, würde ich nie wiederfinden, mythisches
Zentrum eines unbebauten, begrenzten, grenzenlosen
Stücks Welt auf der apollinischen Hälfte, Berührungs-
punkt mit der dionysischen, nachdem ihr Rausch ab-
klingt, nirgends eine Spur des Menschen – ich befinde
mich in einer schmerzfreien, hellwachen Trance, weiß,
was ich zu tun habe: steil hinab nach Arachova, das
schon im Dunkeln liegt, kein Versuch in Krisa, keine
Versuchung, mein altes Hotel in Kirra anzusteuern,

den antiken Hafen von Delphi, erst unter den Ufer-
bäumen von Itea stelle ich den Motor ab. Ganymed
springt heraus, breitet die Arme, warmer Meeresatem
umfließt ihn, sacht schaukelnde Lichterketten über der
langen Uferpromenade, eine Zeile Restaurants, Hotels
hinter der Straße, dazwischen hier und dort noch ge-
deckte Tische, Sonnenschirme, Markisen, kaum Frem-
de, eine Yacht im Hafen, kein Kreuzfahrtschiff hat Gäste gebracht, Ganymed strebt zum Platz, wo ihm nichts
die Sicht auf das Meer verdecken kann, der Wirt bringt
die Karte, Ganymed weist sie zurück: Sagen Sie, was
Sie uns so spät noch anbieten können. Und roten Wein
bitte, dunkelroten. – Wir sind allein. – Ist das der Golf
von Korinth? – Ja.

Und wieder das glitzernde Meer und Selene. Keine
Ägäis mehr. Die Lichter, da drüben, weit hinterm Wasser, das ist der Peloponnes.

Einzelne Griechenfamilien mit kleinen Kindern pro-
menieren noch, setzen sich an ihre Stammplätze unter
den Bäumen zum Wein, zur Limonade, alles ist leise,
dezent, keine Jugendmusik, keine Altersfolklore; schon
wieder sorgst du dich, ich sehs dir an, sagt Ganymed,
wo immer wir ankommen, werde ich zuerst essen, trinken und danach, gestärkt, im Gespräch mit dem Wirt,
nach einem Nachtquartier fragen. Das ist Männerart.
– Ich muß lachen, weil ich solchen Männern nie begegnet bin. Das Städtchen ist noch im Gleichgewicht,
Hafen, Oliven, Aluminiumerz, Handel und Wandel,
kein Badeort, hier kommt man an, um weiterzufahren

nach Delphi oder um Geschäfte zu machen; bleiben die Fremden aus, ist man sich selbst genug. Heute scheint so ein Abend zu sein. Der Wirt bringt ein Stück Lamm, den Fisch. Der Wein sei aus Arachova. Später, nach einem Gespräch über Bauxit, dem verborgnen Problem in der Bucht um die Ecke, Ganymed hat ihn zu einem Glas Wein eingeladen, sagt der Wirt: Sie suchen ein Hotel? Drehn Sie sich um, hinter Ihnen, wo die Balkone aufs Meer schauen, können Sie wohnen, solang Sie wollen. – Bist du zufrieden? sagt Ganymed. Ich nicke so heftig, wie er überm Hochtal den Kopf geschüttelt hat. Das urbane Gegenstück zum Sylvia-Camp, wohin die Olympischen Ganymed lenkten, haben sie am Fuß des Parnaß für ihn ausgesucht, denke ich. Ob er hierbleiben will, bis ein Adler kommt, ihn zurückzuholen … Er sagt, ohne daß ich eine Frage stelle: Keine Sorge, die Odyssee wird zu Ende gelesen … Vier Tage Verlängerung nach Vollmond: ins Leintuch gewickelt, mein Gesicht ins Kissen gebohrt, das naß wird, und ich weiß nicht, warum, nur, daß es sich nicht um Unglück handelt.

Es ist schon kein junger Morgen mehr, als ich aufwache. Während ich unter den Bäumen frühstücke, kommt Ganymed: Ich war schon im Meer. Drüben an der Felsküste ist das Wasser rein. Dann hab ich das Städtchen betrachtet. Möchtest du nicht etwas einkaufen für deine Menschen daheim? Gegenüber ist eine Bank. Ich schüttle den Kopf. Wir gehen auf die Mole hinaus. In der Ferne nähert sich ein großes Schiff. Ich möchte wegfahren, bevor es ankommt, sagt er. Rasch bringe ich die Bucht mit den rötlichen Hängen der Bauxiterde hinter mich, die Investoren haben den Abbau eingestellt, ein paar Lastkähne dümpeln vor sich hin, dann fiebere ich auf der Küstenstraße dem Augenblick entgegen, wo der kleine Fährhafen erscheint, der das Auto über den Golf nach Egion bringt, obwohl ich doch weiß oder weil ich weiß, daß nichts mehr in meiner Hand liegt. Weiter, weiter, sagt Ganymed bei jedem Zögern, jedem suchenden Blick, nichts liegt am Weg, mein Weg ist nicht sein Weg, ich drehe das Lenkrad, kein Fenster öffnen, aushalten, während der Fahrt könnte ihn ein Wind aus dem Auto reißen oder was als Wind daherkommt, der Augenblick für die Fähre ist längst vorbei, Nachmittag, ich mag diese Küste, diese Dörfer nicht, warum, in einem halten wir an, eine Bank am Meer, ein Brunnen zum Trinken: Ich darf den Peloponnes nicht betreten, solange ich Mensch bin. Es ist mir verboten, sagt Ganymed.

Die gestundeten Tage, denke ich. Verschwende keinen Gedanken mehr, denke ich. Es kommt von selbst, das Bevorstehende. So oft trainiert. Den Salto vom Zehnmeterturm hast du lang genug anderen vorgemacht. Heute brächst du dir die Knochen, das ist alles. Der Mensch versuche die Götter nicht.

Warum willst du unbedingt hinüber? sagt Ganymed, wenn du die Augen schließt, kannst du sein, wo du willst. – Im übernächsten Dorf steht die Kirche nah am Meer. Abseits eine Bank unter Platanen, ein junger

Mann steigt aus seinem Auto, hellbrauner Haarschopf bis zu den Hüften, im Nacken gebunden, aus dem Kofferraum nimmt er ein weißes Meßgewand, wirft es sich über, schließt die Kirche auf, dann läuten die Glocken, auch wenn sie sich nicht mehr zu bewegen brauchen, ist es noch immer dieser erregende Rhythmus aus Turmluken, von Kapellendächern durch meine Jahrzehnte, den ich eintauschen würde gegen das volle Geläut aller Domglocken meiner Heimat in den Silvesternächten; ob Ganymed es wahrnimmt? Eins zwei drei, eins zwei drei, einst zwei drei vier fünf sechs sieben, immer von vorn, über Berge und Täler. Wir bleiben sitzen. Kein Kirchgänger kommt. Am Dorfeingang sitzen die Männer schon in der Taverne. Steht keiner auf? Wo sind die Frauen? Ein zweiter Pope kommt mit dem Auto, trifft einen greisen dritten im schwarzen Habit, führt ihn die Stufen hinauf. Sie lassen die Türen ins Schloß fallen. Nur dünn dringt die Litanei durch die Fugen, Ganymed hat das gelbe Buch in der Hand, da beginnt der Glockenrhythmus aufs neue, diesmal deutlich die elektronische Steuerung, kein Anschwellen, Ausklingen, die schönen Schwankungen der von Hand geläuteten, vom Wind veränderten Klänge fehlen, Ganymed ist schon im Auto.

Im nächsten, im übernächsten Dorf kein Hotel. Ganymed hat sich zu den Männern ins Cafenion gesetzt, ich gehe zurück zum Dorfeingang, wo ich das kleine Lädchen gesehen hatte, Obst, ein paar Lebensmittel, ich bekomme nichts, frage nach einem Hotel, die Alte weist mich mit drohend ausgestrecktem Zeigefinger ab, ruft: fort, fort, Nafpaktos. Ich trotte ins Cafenion, Ganymed sagt: Beeile dich, drüben, die kleine Insel, da gibt es Hotels, haben die Männer gesagt, gleich fährt das letzte Boot bei dem Parkplatz im Schilf. – Ich greife die Übernachtungstasche, aus der Dämmerung ist rasch Nacht geworden, fünf Minuten später schon im Lichterglanz, Ferienklubs, Villen zum Hügel ansteigend, Neubauten, ummauert, umzäunt, hier und dort ist der Zutritt verboten, Wächter, Hüter stehen herum, auf dem Platz glitzerndes Warenangebot für eine ganze Stadt, Discolärm, dröhnende Lautsprecher-Folklore, das Boot will mit dem einzigen Fahrgast ablegen, da ist Ganymed schon hineingesprungen. Zwei Jungen helfen mir beim Einsteigen. Ich weiß, was mir blüht: Nafpaktos, die venezianische Festung, an einem eisigen Winterabend, noch zeigt das Thermometer im Auto fünfunddreißig Grad, Cervantes hat in der Schlacht gegen die Türken hier einen Arm verloren. Ich stelle den Motor ab, bleibe sitzen. Ganymed sieht, daß er mich nicht mehr auf und ab durch die engen Gassen der Stadt zu seinem Spiel überreden kann: das richtige Lokal zu finden. Also dirigiert er mich in die häßliche Straße, Hotelrückseiten, Etablissements, die Fensterfronten, die Zugänge liegen auf der Meerseite. Der Garten ist noch beleuchtet, Ganymed setzt sich unter gewaltige Bäume: Hier saßen schon die Venezianer. Ich jedoch begreife rasch, hier kommt niemand mehr, um nach unseren Wünschen zu fragen, da hilft auch kein noch so geduldiges Warten. Im Haus finde ich eine Mannsperson, wir sind ausgebucht, es ist Wochenende, sagt er, zwei Zimmer kann ich Ihnen noch geben, ein Notbehelf. Ja, bitte, ich lege ihm meinen Paß an die Rezeption, doch können wir zuerst etwas essen? Die Mannsperson geht mürrisch zu Ganymed quer durch den Garten, sagt: Es gibt nur noch kalte Vorspeisen, kommen Sie mit, die Schlüssel abholen. Ganymed rührt sich nicht. Ich kämpfe jetzt nur noch um ein Bett, sonst leg ich den Kopf auf den Tisch und schlafe ein. Noch einmal rufe ich bitte, komm!, dann führt mich der Mann in das fensterlose Kämmerchen im Erdgeschoß, das andere Zimmer ist groß, die angestrahlte Festung leuchtet herein, morgen ist *son et lumière*, ein Mädchen hat inzwischen die Vorspeisenplatte gebracht, das Brot, den Wein, ich lege den Schlüssel dazu, eigentlich ist es schön, wo wir sitzen, in der abgekühlten Luft, kleine schwarze Kräuselwellen rollen heran, der Wein durchblutet mich noch einmal, überall am Ufer sind Bäume, blühende Büsche, Ganymed kann sich darunterlegen, bis Eos ihn ins Meer zieht morgen früh. Ich mache dir keine Vorwürfe, sagt er, aber du weißt, daß ich das nicht mag. – Was soll ich antworten, wie ihn begreifen. – Daß du mir den Schlüssel zuteilst, meine ich. Hast du das Zimmer angesehn? – Ich mußte doch, die Mannsperson ging mit, wollte Bestätigung, sage ich. Dein Zimmer ist gut, ich nahm die Kammer, sie hat kein Fenster. – Noch einmal, das ist kein Vorwurf, aber du hast schon wieder in meine Sphäre eingegriffen, sagt Ganymed. Ich falle ins Bett.

Als ich aufwache, mich ins Wachsein schnelle, weiß ich sofort: Der Traum ist der Anfang. Vom Ende. Im Eingang der Korykion Andron saß ich, aus der Tiefe vernahm ich Musik, Töne der Lyra, kaum zu ertragende Dissonanzen, schrille Frauenstimmen wie Messer zustechend, darunter ein immer wieder abbrechendes Stöhnen des Gottes, vor dessen Höhle ich saß; in endloser Reihe schlichen Panther, Luchse, Leoparden, Tiger, Jaguare an mir vorbei, hinab in die Tiefe zu meinem Auto, das in Nafpaktos steht auf dem Platz, in den alle Straßen münden, aus ihnen kommen die Tiere von der Korykion Andron jetzt ohne Fell, aufrecht gehendes, kriechendes, blutendes Fleisch

Ganymed kommt zum Frühstück: Heute nacht bin ich noch durch die Straßen gegangen. Da geschieht vielerlei im Halbdunkel, in Häusern, wo Stufen in kühle Gewölbe führen. Ich sah zu, wie die Menschen kaufen, verkaufen, spielen, verspielen, sich selbst. – Die Griechen sind hier in der Sommerfrische, von überall her. Wollen etwas erleben. Die Kinder haben noch Schulferien. – Wir sind am Stadtrand, laß uns noch ein Stück weitergehn, er hat das gelbe Buch in der Tasche, wir bringen das Gepäck ins Auto, eine lange Allee sehr hoher Pappeln am Ufer säumt eine Parkanlage, der Strand beginnt sich zu beleben, überall in der gerundeten Bucht springen Kinder ins flache Wasser, Gany-

med lehnt sich an einen Pappelstamm, sagt, heute werde ich vielleicht zweimal vorlesen – Spaziergänger ziehen vorbei, stadtein-, stadtauswärts, ein schreiendes
Mädchen läßt sich weder von Mutter noch Großmutter beschwichtigen, an die Hand nehmen, es ist sehr
zornig, sagt Ganymed, oder leidet es? Da wirft es in ho-
hem Bogen eine Puppe in die Kiesel. Ganymed wartet
auf den günstigen Augenblick. Ich sehe, daß er sich
wohl kaum einstellen wird; doch in der Pelzstadt inmitten der Turbulenzen auf dem Parkplatz wurde die
Unmöglichkeit für ihn zur Herausforderung. Die Puppe starrt mich an, ich gehe zu ihr, kann mich nicht losreißen von dem Gesicht, erst als ich sie aufhebe, sehe
ich, daß ihr das rechte Bein fehlt, ein kreisrundes Loch
im Zelluloidkörper, auf dem Kopf nur noch Reste von
rötlichem Haar, ich nehme sie hoch am beweglichen
Arm, drehe den Kopf, versuche, ihn abzureißen: Laß
das sein, warum tust du das? – Weil ich den Kopf haben will. Mein Gesicht. Meine Augen. – Ach ja, sagt er,
so groß, so starr, das Meerblau auf den weißen Aug-
äpfeln, genauso siehst du aus, wenn du zuhörst. Nimm
die ganze Puppe mit. – Ich aber sehe unter der kahlen
Stirn, die ich bei mir mit Fransen verdecke, zwischen
den runden Wangen den Mund, er steht etwas offen,
gerade genug, um den Ausdruck der Augen zu verstär-
ken: Ohne Bewegung, überrascht, entgeistert, fassungs-
los, genau in der Mitte zwischen großem Glück und
großem Unglück hört das Puppengesicht zu, wenn
Ganymed vorliest. Er liest nicht vor. Wir gehen lang-

sam zurück zum Auto. Ich werfe die Puppe auf den Rücksitz. Jetzt ist sie tot. Sie hat die Lider geschlossen, sagt er. Ich hätte gern gesagt: Sie schläft. Aber es stimmt nicht.

Bevor du den Motor anläßt, hör zu, sagt er. Auch ich spüre, wie es schwieriger wird. Das Menschsein nimmt überhand. Als Gott hab ich keine Probleme. Noch sind wir einander ausgeliefert, doch die Odyssee geht zu Ende. Fahre allein dort hinüber, wo du dich zu Hause fühlst. Wo du auf etwas warten möchtest, das du nicht kennst. –

Als ich zu dieser Reise aufbrach, wußte ich nur, es soll keine Rückkehr geben. Doch dort drüben ist Hermes-Land. Als ich jung war, wählte ich ihn zu meinem Gott, keiner vereinigte wie er die Gegensätze, erst wenn er mich in die Irre gehen ließ, konnte er mich schützen. Geleiten. Seine Doppelzüngigkeit entsprach dem Orakel. Als ich alt wurde, bat ich ihn, flehte, von mir abzulassen. Er nahm keine Herausforderung an, ich stürzte nicht ab, wurde nicht erschossen, das Boot ging nicht unter, er hielt Schlangen und Haie zurück, als ich mich im Urwald verirrte, wo der Styx vom Chelmos herunterstürzt, ließ er mich, statt ergeben auf Charon zu warten, Stunde um Stunde durchs eisige, reißende Wasser waten, dem Flußbett folgend, bis mein Auto am Weg stand. Beim letztenmal bescherte er mir noch eine strenge, tröstende Epiphanie vom Tod, bevor er mich zurückschickte ins Aufgeschobene. –

Und trotzdem wolltest du noch einmal dein Spiel spielen, sagt Ganymed. –

Nicht mit ihm. Es sollte ein unbekannter Gott sein, der weiß, wie lang mein Gehirn gehorcht, um den letzten Ort zu finden. Über den Tod brauchen wir nicht zu reden, ich habe gelernt, wie du ihn verabscheust. Du bist die Verkörperung des Lebens. In der Vollmondnacht hast du mich umgedreht, als Selene mich dir wegnehmen wollte. Daß mir die Menschwerdung eines Gottes zufällt, mit einem gelben Buch in der Hand, ist so unausdenkbar wie dein Vorschlag, allein über den Golf zu fahren. Dich wollte ich hinüberlocken, zu einem Tempel im Gebirge, dem Apollon als Hirtengott geweiht. Darin schlief ich in einer Mittsommernacht, unterm Vollmond, in einer Blumenwiese, trotz der Höhe sang ein Sprosser, morgens leckte mich eine Ziege wach, so sahen die Wunder aus, als ich jung war. Als ich anfing, dem Wunder Ganymed zu vertrauen, dachte ich nur noch an den Tempel Bassä für deinen letzten Gesang und an die Wiese für meinen letzten Schlaf. Auch von dort würde Apollon dich in Windeseile zum Olymp zurückbringen. Was ich nicht bedachte: Sie sagen, der Tempel sei jetzt eingerüstet. Abgesperrt. Ein bereits überlaufener Ort für Kenner, Liebhaber, Sammler von Sehenswürdigkeiten. Busfahrten. Was ich nicht bedachte: Mein Körper wird gefunden, wo er nicht hingehört. Und daß sie ihn zur Autopsie schleppen. Und daß sie ihn nicht einmal eingraben werden in die Erde von Andritsena.

Du machst es mir schwer, mich nicht auf der Stelle unsichtbar werden zu lassen, sagt Ganymed. Bevor ich die letzten Gesänge abliefere. Und wenn du meinetwegen nicht mehr auf den Peloponnes willst, wenn du mich begleiten willst, bis ich verschwinde, zwingst du mich, dich dort zu verlassen, wo ich dich aufgelesen habe. Laß uns fahren.

Ich wußte genug. Alles, was ich noch sage in seiner Gegenwart, ist ihm lästig, zuwider. Er will mich aufs Schiff bringen. Wie lang geht das schon? Noch etliche Kilometer bis Rion-Antirion, und gleich danach Patras. Eine Ewigkeit von zwei Tagen, wenn es mir gelingt, jeden Ort, jeden Augenblick so zu empfangen, als würde Ganymed eben erst auf dem Schiff Menschengestalt für mich annehmen.

Das Fährschiff bringt uns auf die andere Seite. Ich sage nicht, wir sind jetzt auf dem Peloponnes. In Patras heißt Ganymed mich anhalten. Er will eine Schiffsagentur suchen. Lang quäle ich mich durch die hitzeflirrende Stadt, ich hasse sie wegen der Trauer des Einschiffens, der Mühsal des Ausschiffens, die stets die taufrischen Morgenstunden der Ankunft stiehlt. Schwertransporter dröhnen zum Hafen. Läden, Cafés haben geschlossen, die Stadt scheint ausgestorben. Endlich entschließt Ganymed sich, im Hafen Bescheid zu erfragen. Ich gebe ihm das Geld für mein Rückreiseticket, er deponiert mich in einer der großen lärmenden Hafenbars, Eisgetränke, ein Ventilator. Er kommt spät. Sagt: Ich habe mir noch die Stadt angesehn.

Über dem Meer fängt die Sonne an unterzugehn. Bisher war sie nur aufgegangen überm Meer. Das Farbenschauspiel, die Silhouetten der großen Schiffe. Ich nehme es für ein glückhaftes Zeichen, sagt er. Es kann auch täuschen, denke ich. Schweige. Er sagt: Das Schiff fährt erst morgen nacht. Wir haben viel Zeit, laß uns hinausfahren. Hinaus? Wohin hinaus? Ohne Karte. Er hat sie mir weggenommen. Da sind viele Straßen. Eine davon hat uns hergebracht, welche? Ich fahre etliche hundert Meter. Lasse die Hände vom Steuer fallen. Sage: Ich kann nicht mehr. Halt an, sagt Ganymed. Steig aus. Setz dich auf meinen Platz. Er sitzt am Steuer. Erkläre mir die Automatik. Und mit den Füßen nichts außer Gas geben, bremsen? Er fährt. Ganymed fährt. Ohne Führerschein. Ganz weich, sanft, immer zügiger. Im Handumdrehn liegt die Stadt hinter uns. Ich lehne mich zurück, atme behutsam, bin ich das? Ganymed fährt in der Dämmerung direkt nach Süden, steil hinauf in die Nacht, als fliege er. Lacht: Das Auto fährt wunderbar. – Eigentlich staune ich nicht einmal. Werde durchströmt von seiner Leichtigkeit, meine Kräfte kehren zurück, Ganymed gibt mir einen Stups: Sind wir vielleicht nicht auf dem Peloponnes! Jetzt kann ich lachen, und weinen, und lachen, und sagen: mittendrin. Kein Mond am Himmel, die Nacht hat den letzten Schein vom Abend verschlungen, nirgendwo ein Haus, eine Ortschaft, ein Licht, nach und nach ahne ich, wo wir sind, die Straße ist schmal, kein Scheinwerfer kommt uns entgegen, keiner ist hinter uns, rechts in der Dunkelheit ist nichts zu riechen, zu spüren vom Meer, links in der Schwärze müssen Berge sich türmen, mein Zeitsinn setzt aus, ich habe aufgehört zu funktionieren, das Auto ist ein Geisterfahrzeug, nicht ein Härchen an mir sträubt sich gegen die Einverleibung in Ganymeds Freudenaura.

Irgendwann ein flutlichtbestrahltes Militärareal mit Gebäuden, Mauern, Stacheldraht, menschenlos, Ganymed fliegt vorüber, ob er weiß, ohne Benzin kommt er nicht mehr weit? Da hält er schon an einer kleinen Tankstelle, traulich beleuchtet in der Einöde sitzen Vater, Mutter, Kinder, der Großvater vor der Tür, genießen die Kühle, Ganymed läßt auffüllen, ich bezahle, er holt eine Tüte getrockneter Aprikosen aus dem Auto, bietet sie allen an, es wird probiert, vorsichtig gekaut, der Geschmack erforscht, die Hand noch einmal aufgehalten, ich frage den Mann an der Zapfsäule leise nach einem Dorf, sage die Namen etlicher Berge, er schüttelt den Kopf, wenn ich nach Osten, Westen, Süden zeige, die einzige Reaktion ist eine weite Armbewegung, die vertraute griechische Geste, mit der die ausgestreckte flache Hand viele Male auf- und abfährt, dorthin, wo wir herkommen. Warum falle ich immer wieder zurück, will eingreifen, handeln, statt Ganymed fahren zu lassen, bis es Tag wird? Warum schleicht sich nach Glücksviertelstunden immer wieder das Menschsein ein, «Hätte …», «Wenn …», hätte er mich nach Egion übersetzen lassen, wären wir seit zwei Tagen hier in diesen Gebirgen, den weiten, menschenleeren

Hochebenen, wo ich so oft zu Hause war; im Licht Achaias, das anders ist als im Norden, hätte Ganymed mir die letzten Gesänge … Es gibt nichts Dümmeres als das Hätte und Wenn, Götter bleiben davon unberührt. Lastet der Himmel schon auf dem Autodach, oder ist er so hoch entrückt und hat die Sterne mitgenommen, wovon befreit Ganymed sich? Was brockt er sich ein? Bergab, kurz vor Mitternacht tauchen Lichter auf, in der Ferne ein Saum für andere Schwärze, es müßte das Meer sein, Pyrgos steht da, Ganymed hält vor einem Hochhaushotel, sagt: Komm, geht in den Luxus aus Glas und Stahl, gleich danach haben wir zwei Zimmer im zehnten Stock, werfen die Taschen hinein, fahren hinab, sind nah beim Zentrum, eine Straße, ein paar Gassen bergauf, überall Leben, Lichter, Menschen, hinter dem nächstbesten schräg bergab stehenden Tisch auf den wackligen Stühlen mit den zu kleinen, nicht ausrottbaren Strohgeflechtplatten warten wir, was man uns noch bringt, Souvlaki, Chips, Salat, ein Bier, keinen Wein mehr, sagt der Wirt, Ganymed ist fröhlich, kannst du noch mit durch die Stadt gehen, fragt er, ich fühle mich ausgeruht in einem heiteren Traum, irgendwo oben ein riesiger Platz, im Karree bebaut, überall unter bunten Lichtern sitzen sie, trinken, lachen, essen Eis, die Jungen flanieren, küssen sich, tanzen ein wenig, wir schauen vom Rand her zu, an eine Mauer gelehnt, der aufkommende Wind in der warmen Nacht ist heiß, ich lebe von einer Sekunde zur anderen Seite an Seite mit Ganymed, auf diesem Platz ohne Vergangenheit, ohne Ballast, er aber sagt: Odysseus ist hier öfter als einmal durchgeritten, Männer zu werben für die Schiffe nach Troja. Vor den Zimmertüren sagt er: bis morgen. Das Schlachtfest auf Ithaka ist an der Reihe, seit dem Parnaß fand ich dafür keinen Ort.

Nach dem Duschen im funkelnden Badezimmer trete ich auf den großen Balkon, rings um die Stadt fiebriges Wetterleuchten, daraus zuckt der erste Blitz, dröhnt der erste Donnerschlag. Hinter den Lamellen der Trennwand erscheint auf dem Balkon nebenan Ganymeds Kopf, wendet sich mir zu, sagt *Zeus*, eine Weile halten wir stand, ich erwarte ein Inferno, die Entladungen erfolgen gleichzeitig, von allen Seiten zieht es heran und entfernt sich lang hinrollend, doch keine Tragödie ereignet sich; als der Himmel die Schleusen öffnet, lieg ich auf dem Bett, seh dem Schauspiel zu, das mich beruhigt einschlafen läßt, weil es die unirdische Ordnung bestätigt: Ganymed erhält ein Zeichen, mit dem Zeus sich in Erinnerung bringt.

Als ich aufwache, weiß ich sofort den Traum. Ein Wunschtraum, der panische Angst erzeugt, ein Angsttraum, der Glück bedeutete, wäre ich nicht ein Mensch. Ein Traum, der nur wie fernes Wetterleuchten verblaßte Horrorträume andeutet, Hieronymus-Bosch-Szenarien, vermischt mit Surrealismen, Fernseh-Fiktionen, William Blake, es ist die Stadt Venedig, auf mich zurückend, mich einkreisend, während ihre Häuser, Paläste sich verwandeln in ein Felsengebirge, ein geisterbleiches, unentrinnbares Rund aus Schroffen, Zacken, das ich kenne, von dem ich nachgeplappert habe, es sei die schönste Plastik dieser Erde, greift eine schwarz-, eine weißbehandschuhte Hand in mein Lenkrad, füllt eine schon vergessene tiefe Stimme meine Welt: Du wirst Venedig lebend nicht verlassen, meine eigenen Hände wollen das Lenkrad herumreißen, zurück zum Meer, während die Stimme sagt *zu spät,* krache ich auf Felsen

Ich liege mitten in der Sonne, kein Augenblick steht mir zur Verfügung, den Traum festzumachen, nachzudenken, was ich nie einem Traum erlaubte, im Hemd trete ich durch die Glastür auf den Balkon der höchsten Etage, um an der Morgengabe für Ganymed teilzuhaben: makelloses Blau, darunter die Stadt, das Land vom Regen glänzend, nur weit im Süden noch Wolkenbänke, ein verblassender Regenbogen … alles schenken die Götter die Unendlichen / ihren Lieblingen ganz … minutenlang, nur Minuten, dauert die Erinnerungslosigkeit: Heute nacht bin ich auf dem Schiff und danach einen Tag, dem noch eine einzige Nacht folgen wird. Mein Blick streift die Lamellen zwischen den Balkons, ich kann's nicht hindern, etliche lassen einen schmalen Streifen frei, eine Gestalt kniet auf dem Boden, die Arme vorgereckt, den Kopf in die Ellenbeugen gelegt, die Handmuscheln nach Osten geöffnet, könnte man doch im Schreckaugenblick sterben, wenn die Glücksaugenblicke nicht ausreichen, ich will das nicht gesehen haben, fahr in die Kleider, hinab, hinab, schon mit der Tasche, gleich danach sitzt Ganymed am Frühstückstisch, ebenfalls mit Gepäck. Dann sitzt er am Steuer, ein wortloser Vorgang, ich habe ihn nur fragend angesehn. Wohin wird er das Auto lenken? Weg von der Hauptstraße, bei der ersten Gelegenheit, Peloponnes-einwärts, wir sprechen nicht, außen, innen sind im Gleichgewicht, der Jünglingsmann neben dir lohnt keinen Gedanken, alles an ihm, in ihm geschieht außerirdisch, die Tage des Anfangs sind vorbei, als du vorsichtig, voller Skrupel, gewartet hast, ob das, was die Menschen Herz oder Seele nennen, in seinem Gehirn, in seiner Brust zu erkennen sein würde. Halt still, halte dich hin, laß dich wiegen, was immer wir noch plaudern könnten, die Frist läuft ab

Platanos steht auf dem Straßenschild, danach geht alles rasch, das Flußtal, die ersten verwitterten Steinquader, Säulenstümpfe, Grundrißmarkierungen, Parkplätze, Autos, Busse, Touristen, es gibt nur noch eine Straße für alle, wußte Ganymed, wohin er fährt? Vor langer, langer Zeit kannte ich jeden Stein, jede Statue, sah den Ausgräbern zu, mein Abscheu vor den Olympischen Spielen der Gegenwart überträgt sich auf diesen Ort, unbewegt fährt Ganymed durch die Kiefern den Hügel hinauf, sinnlos zu sagen, am anderen Ende der Welt brennt diesen Sommer die olympische Flamme, der Trubel unten zwischen Alphaios und Kladeos liegt schon hinter uns, Ganymed bremst, sagt: steig aus, fährt äußerst rechts in eine kaum merkliche Ausbuchtung der Straße, vor einer Kurve, wir stehen an der metallschimmernden Leitplanke, schauen hinab: Ist es das Stadion? sagt Ganymed, ich kann nur ja sagen, sehe seine jetzt leuchtenden Augen alles umfangen, das sandige Feld, die kleine bescheidene Hauptsache, grasgefleckt, es wächst von den Rändern her zu, dunkelgefleckt von den Gewitterregen der Nacht, helltrocknende Inseln, sechshundert Fuß, ausgeschritten von Herakles, gebettet ins nicht endende Grün der Talaue, die einstigen Sitzreihen aus Erde und Gras nur wenig ansteigend, und jetzt zittern mir die Knie, mit den Händen stütze ich mich auf die Planke, kein Blick schweift ab, wo die Tempel stehn, die einstmals zum Wohl und zum Ruhm der Athleten immer reicher sich entwickelnden Gebäude, zwischen denen es wimmelt wie vor zweieinhalbtausend Jahren. In Ganymeds Umkreis ist kein Mensch zu sehen. Den Augenblick, jeden auf seine Weise überwältigend, muß ich durchbrechen: Du stehst in der Mitte des Kronoshügels, und dort unten ist der Zeustempel, verzeih mir. Zeus allein schenkt den Sieg, sagt Ganymed, nimmt das gelbe Buch, auf der Straße, an der Leitplanke, hoch aufgerichtet, halb mir zugewandt: *Zweiundzwanzigster Gesang*

«Da entblößte er sich, der erfindungsreiche Odysseus,
Von den Lumpen und sprang dann hinauf auf die
    mächtige Schwelle,

Bogen und Köcher, den pfeilgefüllten, in Händen, und
    goß die
Schnellen Geschosse sich vor die Füße und sagte den
    Freiern:
‹Dieser Wettkampf zwar, unausweichlich, ist nun zu
    Ende;
Nun aber hab ich im Auge ein anderes Ziel, das noch
    keiner
Traf, ob mir es gelinge und Ruhm mir gewähre Apollon.›
[…]
Und da hielt Athene die menschenvernichtende Ägis
Hoch von der Decke herab, und deren Sinne verzagten.
Und sie flüchteten durch die Halle wie Rinder der Herde,
Welche die fliegende Bremse befällt und jagend
    umhertreibt,
Während der Frühlingszeit, wenn länger werden die Tage.
Die jedoch, wie wenn Geier mit krummen Krallen und
    Schnäbeln
Von den Bergen herab auf fliegende Vögel sich stürzen;
Und die schießen geduckt aus den Wolken herab auf die
    Felder,
Doch die töten sie, auf sie stoßend; da gibt es nicht
    Abwehr
Und nicht Flucht; es freuen über den Fang sich die
    Männer –
Also stürmten die durch das Haus und schlugen die
    Freier
Rings im Kreise herum; da erhob sich ein schreckliches
    Stöhnen
Von getroffenen Köpfen, es dampfte der Boden vom
    Blute.»

Nachdem das Haus des Odysseus von den Freiern gereinigt und die Kadaver beseitigt und weggeräumt sind und abgewaschen alles das Blut und der Dreck, hat Ganymed Durst, und hinter der Kehre steht ein Hotel für die Klasse der Reichsten, wir gehen hinein, er begehrt Wein zu trinken, doch der Hotelier sagt, die Bar ist geschlossen tagsüber, das Restaurant erst am Abend geöffnet für die Übernachtungsgäste; ich will nicht, daß Ganymed so davongeht, betrachte die Vitrinen, in denen Figuren aus Stein und Metallen stehen, Preisschildchen daneben, verwickle den Hotelier in ein kurzes Gespräch über die Repliken, entscheide mich für den kleinen Stier, übergebe ihn Ganymed, das ist Zeus auf Kreta, er gehört dir, Ganymed lächelt, schüttelt den Kopf mit verwundertem Ausdruck, stellt den Stier auf die flache Hand, für mich wähle ich ein Kykladenidol, augenlos, mundlos, todlos, aus einer Schublade nimmt der Hotelier eine Platte mit Schmuckrepliken auf schwarzem Samt, allesamt aus Edelmetallen, wartet ab, ein Gedanke durchzuckt mich, ich erschrecke und setze ihn sofort um in die Tat, nehme einen silbernen Armreif mit zwei aufeinanderstoßenden Widderköpfen, öffne Ganymeds andere Hand: Schenke es der Rosenfingrigen, ihr verdanke ich, daß wir hier sind.

Der Hotelier sagt, nur drei Minuten von hier ist eine Taverne für meine Gäste, nirgendwo finden Sie solche Speisen, sie kochen für jeden Eintreffenden frisch, ihre Weine werden nur Liebhabern eingeschenkt, bestellen

Sie Grüße von mir, hier ist meine Karte. Sie werden es nicht bereuen.

Schwere Trauben hängen über den Tischen in der Laube, wir sind allein, ein Glas kühlen hellen Weins, Pinienkerne, die Zubereitung des Essens brauche Zeit, man bitte um Geduld. Ganymed stellt seinen Stier neben das Glas, dann schauen wir lang schweigend aneinander vorbei, in Räume, die hinter den Räumen liegen, wissen, daß sie einander nicht berühren. Ganymed holt uns zurück: Die Stunde könnte ein Fest werden. Es hängt von dir ab, erzähle. Wie du am Olymp erzählt hast. Erzähle von hier, Olympia, warum du dich sträubtest, als du es erkannt hast. – Das Fest begann an der Leitplanke, sage ich. Herakles hat die Grenzen der Altis, des heiligen Hains, für seinen Vater Zeus durch Pflanzen von Bäumen markiert. Die Wettkämpfe fanden zwischen Juni und September alle vier Jahre statt. Wenn Vollmond war. Das Wort stirbt mir auf der Zunge. Was soll ich einem Gott erzählen, dessen Abbild auf einer Metope unten im Museum hängt. Olymp war der Anfang, dort war ich noch ahnungslos, hatte Angst und war deshalb mutig; Olympia ist das Ende, ich habe Ganymed erlebt und weiß weniger als je zuvor. Nur daß ich jetzt, verschont vom Autofahren, immer noch mehr überschüttet vom Unvorhersehbaren, während Trauer, Angst, Glück ineinanderschmelzen, daß ich jetzt, zum Gelingen der Stunde, die sein muß, die ich schon nicht mehr bin, erzählen soll: Was mir da einfällt, ist nichts, woran du Vergnügen haben kannst. Olympia, das ist schwarzer Wein, ein gewaltiger Sturm und Raupen. Vor vielen Jahrzehnten im Dezember gab uns ein Freund in Athen sein Auto und flog nach Deutschland. Als wir ankamen, sahen wir weiße Säcke aus feinem Gespinst in den Kiefern hängen, in allen Kiefern, manche waren schon kahl. Die Weihnachtsnacht war schwarz, ohne Sterne, ohne Mond, wie gestern, wir wohnten im Gästehaus der Ausgräber, die bei ihren Familien waren; mein Gefährte, der Mythenforscher, hatte einen Schlüssel. Wir tranken fast schwarzen Wein aus Kreta gegen die Kälte in der Herberge. Der Schmerz, an dem ich aufwachte, steigerte sich ins Unmenschliche, es saß in den Eingeweiden, bald lag ich keuchend auf dem Steinfußboden, preßte den nackten Leib gegen immer neue kalte Stellen, draußen entlud sich ein Gewitter, im Krachen der Donner, im Toben des Sturms konnte ich endlich schreien und Galle erbrechen. Gegen Morgen ließ es nach, eine blanke Sonne zog mich nach draußen ins menschenleere Heiligtum, da lagen die Kiefern mit den Häuptern im Gras, ihre triefenden Wurzelstöcke, behängt mit schweren Lehmklumpen, ragten ins Blau. Das Wasser stand hier und dort knöcheltief. Nur die mächtigen alten Bäume lagen gefällt, ich schlängelte mich zwischen Altären, Statuen, Tempelresten zu einem mich überragenden Wurzelstock. Inmitten des Geflechts, eingewachsen, umschlossen, blitzte es metallen aus dem nassen Lehm. Gold? dachte ich, Kupfer, kaum oxydiert, sah eine Rundung, erkannte die Schale, zwei Löwenfüßchen lagen frei, danebengerutscht, vielleicht beim Sturz, ein Deckel: vier Tiere auf kräftigen Beinen, die Himmelsrichtungen markierend, Hunden ähnlich, oben als Knauf ein Vogelkopf mit scharfem Schnabel, alles überwachsen, geschützt, festgehalten vom feinsten Faserwerk. Mein Gefährte, den Wein anklagend, fand mich, er mußte sofort den Baum behüten, ich rannte los, irgendwo eine Aufsichtsperson zu finden. Nach einer Stunde ging ein junger Archäologe widerwillig mit mir zum Baum, was er sah, elektrisierte ihn, er holte Hilfe, Werkzeug, Schachteln, mit Messerchen lösten sie das oberste dünnste Geflecht, am Nachmittag sahen die Touristen zu, erst gegen Abend war die Schale geborgen. Zehn Jahre danach erkannte ich das Deckelgefäß im Museum. Wir aber gingen von Baum zu Baum, am Heratempel, einstmals aus Holz gebaut, bewegte sich ein schier endloser Zug von Raupen, drei, vier Glieder breit, aus den gestürzten Kiefern sich sammelnd, sie zogen durch die Kannelierung der einen übriggebliebenen Herasäule hangwärts, Prozessionsspinner, empor zu den Kiefern des Kronoshügels. Das ist schon alles, Ganymed. – Damit hast du dein Essen verdient, sagt er lächelnd, dann wird uns aufgetischt von zwei Frauen, als seien wir Götter.

Als es Zeit ist aufzubrechen, beim griechischen Kaffee, zerspringt etwas in mir, ich sage: Ich habe Angst vor Venedig. Heute nacht hatte ich einen schweren Traum. Ganymed verliert die Fassung, schreit: Du hast alles zerstört. Du weißt genau, wo die Grenze ist. Ich verfluche die Stunde!

Wir sitzen im Auto. Ganymed fährt in Platanos ab von der Asphalta, es geht bergauf, er swingt über die kaputte Straße, durch Schlaglöcher, Pfützen, die hoch aufspritzen, er knurrt: Du änderst dich nicht, er lacht: Da können wir uns ja gleich wieder vertragen, er pfeift ein paar Takte, Ganymed pfeift, ich fühle mich wunderbar, sagt er, das Auto ist wunderbar, ich möchte immer so weiterfahren – was hat der Wein aus ihm gemacht? Und wenn es das wäre: der Sklave des Gottes?, der mühelos alle Aufträge vollbringt im olympischen Glücksgleichgewicht: Doch in ihm zirkuliert das Menschgewesensein, das kein Gott tilgen kann?, das er heute nacht verlieren wird? Jetzt, hier oben, gibt er mir sein Abschiedsgeschenk, es ist seine letzte Fahrt, vielleicht in hundert Jahren wieder, das Gebirge, der Erymanthos, dessen Anblick ich gestern nacht so entbehrte, öffnet sich: Sag mir, wo wir sind, sagt er, das ist schön, das ist deine Landschaft, nicht die felsigen Schroffen der Götterwohnungen, versprich mir, du mußt mir versprechen, daß du immer wieder hierherkommst ...

Was fang ich mit diesem Ganymed an, weiß er es nicht? Du weißt es doch, Ganymed, oder kann dein halbiertes Ich es nicht erkennen: Du bist die Lösung, Erlösung, wie könnte ich auch nur bis zum Mondwechsel leben ohne dein Gesicht, deine Stimme ... noch einmal durchströmt mich Lebenslust, wenn ich ihn ansehe, ich sage:

Wir sind im Gebirge des dritten Ebers, den ersten

hast du selbst in Troja getötet, der zweite stieß seinen Hauer ins Fleisch des Odysseus über dem Knie, als der ihn aufstörte im Parnaß, der dritte lebte hier im Erymanthos, damals noch von laubabwerfenden Eichen bedeckt. Eine der zwölf Aufgaben des Herakles, der sich dadurch von der Mordtat an sein en Kindern entsühnen mußte, war es, den Eber lebendig zu fangen und nach Mykene zu bringen. Er hetzte ihn hinauf bis ins oberste Schneefeld, wo das erschöpfte Tier aufgab und sich von Herakles auf die Schultern laden ließ, damit er es nach Mykene tragen konnte. –

Da sind keine Eichen mehr, sagt Ganymed, aber der Berg sieht aus, als sei er mit Eselshaut überzogen.

Eselshaut hilft mir über die kommenden Stunden hinweg, die Zeit bis zur Einschiffung. Im Berg aus Eselshaut sitze ich stumpf in der großen lauten Bar am Hafen, abgeschottet gegen alles Gegenwärtige. Ganymed ist unterwegs. Als er mich findet, sagt er: Du mußt dich nicht fürchten, ich bringe das Auto aufs Schiff. Du mußt mitfahren und dich ducken, damit dich keiner sieht, es darf nur eine Person im Fahrzeug sitzen, doch in Venedig mußt du den Autoplatz finden, wenn ich nicht mehr da bin.

Ganymed wird von den Trillerpfeifen und wild gestikulierenden Einweisern in einen tückischen toten Winkel gelotst wie ich in Venedig. Dann hole ich meinen Kabinenschlüssel an der Rezeption. Als es dunkel wird, als die Lichter angehen, stehen wir noch eine Weile nebeneinander an die Reling gelehnt, bis die Daedalus ihre Anker lichtet. Als sie das offene Meer gewinnt, sage ich: Dort drüben liegt Ithaka. Seine Stimme ist klirrendes Eis: Ich weiß. Wenn ich dereinst dorthingehen werde, dann bestimmt nicht mit dir. Um Mitternacht sagt er: Es ist spät. Geh schlafen. Irgendwann morgen, im Lauf des Tags. – Ich weiß, ohne zu wissen, daß er diese Nacht im Freien verbringt, umherwandernd zwischen den Schlafsackschläfern. Für mich geht es nicht mehr darum zu schlafen, sondern die Nacht zu überstehn; aus meinem Gepäck suche ich zwei lang nicht beachtete Dinge: das grüne Buch, den Medikamentenbeutel. Er bleibt verschlossen, kein Medikament kann den dritten, den letzten Traum verhindern, vor dem ich mich fürchte.

Es ist nicht das Schiff, ich selbst bin es, die schwimmt: Das Meer ist bedeckt mit Cyclamenblüten, alle Nuancen von Violett, Blau, Lila, Weiß, sie duften, auch wenn sie geköpft sind, keine Handbewegung bringt sie zum Sinken, ein Traum aus Elysium, wäre da nicht ein anfangs grelles, dann immer schwächer werdendes Bewußtsein: Es sind alle Blüten dieser Erde, ihre letzten wilden Blumen; während des Schwimmens löst mein Körper sich auf, verwandelt sich, wird in Blüten verwandelt

Eselshaut, Eselshaut, du mußt den Tag überstehn. Nicht verdämmern, die Arbeit beginnen. Mich auf den Weg machen. Dich konzentrieren auf den Punkt dieses Tages, wo ich mich für das Ziel meiner Reise umkehrlos entschließen muß: nicht in Venedig sterben. Die

Dusche kühlt ab, in der Bar, wo die wenigsten Menschen sind, im Halbdunkel, Espresso, Croissant, das grüne Buch. Backbord, Westseite, ist es noch schattig. Die Hundertschaften tummeln sich auf den Sonnenseiten. Mein Gehirn kommt in Gang, was ich jetzt brauche, läßt sich abrufen, Grundlagen, Voraussetzungen, seit Jahren gesammelt, mit zunehmendem Entsetzen addiert, multipliziert, alle Visionen nach und nach durch Fakten ersetzt, die keinen Deutungen mehr unterworfen sind, bis hin zum logischen Zeitpunkt des Aufbruchs: Ich will verschwinden, austreten aus meiner Welt, die nicht mehr die meine ist; Jean Amérys, des großen Provokateurs *Hand an sich legen*, vor zwanzig Jahren widerstrebend mir einverleibt, strahlt Wärme aus, Zuneigung in seinem Abwenden, hat seine Heimstatt im letzten Planquadrat der Denker, bevor Internet, Cyberspace ein neues aufreißen, worin der Wettstreit um die besten Plätze eben begonnen hat, ich hab mich entschieden für Baudrillards Kälte; keiner der jungen dynamischen Jongleure, Meister der Formulierungen, Interpretationen, was mir so in die Quere geriet in dem rasenden Jahrhundertende, kommt der Radikalität gleich, mit der Baudrillard sein Skalpell führt; er seziert seine und meine Welt, also *die* Welt, wie sie jetzt erscheint, eine saubere Anatomie des schmutzigsten Jahrhunderts, ohne die Abfälle. Spekulation, Hoffnung, das ist's, was mir hilft, wenn Ganymed mich verläßt und Moira nicht eingreift, sondern mich auffordert, selbst einzugreifen

«[…] All das ergibt sich aus einer sehr verdächtigen Evolution des Naturbegriffes. Was zunächst Materie war, ist zu Energie geworden. Die moderne Entdeckung der Natur entspricht ihrer Befreiung als Energie und einer mechanischen Transformation der Welt. Heute wird die Natur, nachdem sie Materie und dann Energie gewesen ist, zu einem interaktiven Subjekt. Sie ist kein Objekt mehr, und dadurch kann sie besser in den Unterwerfungskreislauf eintreten […]»

Ganymed wird noch einmal erscheinen, der Freiermord ist nicht das Ende, ich weiß, doch er wird mich nicht erlösen, hätte er mich sonst aufs Schiff gebracht; kein Wunder ist vorstellbar, für das ich nicht bereit gewesen wäre, noch bereit bin, aber unvorbereitet bin ich, selbst zu handeln, seitdem ich das Gesetz des Handelns ihm überließ

«… durch die Austreibung des Bösen wird nicht das Gute befreit. Schlimmer noch, wenn man das Gute befreit, befreit man auch das Böse. Und das ist gut so – das ist die Regel des symbolischen Spiels. In der Untrennbarkeit von Gut und Böse liegt unser wirkliches Gleichgewicht, unsere Balance. Man darf nicht der Illusion erliegen, sie trennen zu können, das Gute und das Glück im Reinzustand kultivieren und das Böse, das Unglück wie Abfälle beseitigen zu können. Denn der terroristische Traum von der Transparenz des Guten schlägt sehr schnell in sein Gegenteil um, in die Transparenz des Bösen. Man darf sich mit der Natur nicht versöhnen.»

Wie lang es dauert, wie schnell es geht, bis die Sonne im Zenit steht

Wie mühsam war es, das Wort «virtuell» in mein Gehirn hereinzulassen

Wie tapfer sie sterben, alle die Frauen, allein oder nicht allein, bitter, ergeben, verzweifelt, zerfasert von Alter und Angst oder kindlich geworden, Mund auf und schlucken, Mund auf, schlucken, oder die klugen, praktischen, heiteren Alten, die nicht zur Kenntnis nehmen, daß sie auf ihre Hinrichtung warten. Ich will einen anderen Tod

«Es kann auch sein, daß die Gattung selber in diesem Prozeß ihr eigenes Verschwinden betreibt, sei es aus Enttäuschung oder Ressentiment gegenüber sich selbst, sei es durch eine willentliche Neigung, die sie von jetzt an dahin führt, dieses Verschwinden als Schicksal zu betreiben [...] ... und dieses Verschwinden aus dem Bereich des Denkens verweist darauf, daß hinter einer ökologischen Erhaltungswut, die sich vor allem aus Nostalgie und Gewissensbissen speist, bereits eine ganz andere Tendenz auf dem Vormarsch ist: die Opferung der Gattung in grenzenlosem Experimentieren.»

Die Cyclamen auf dem Olymp in den Kinderfäusten sterbend

die Pelztiere in der Küstenstadt

Das Inferno Athen, ich muß die Richtung wechseln, wenn ich mein eigenes Sterben begleiten will. Den ökologischen Wahn beenden

«Wenn die Wirkung in der Ursache liegt, oder der Anfang im Ende, dann liegt die Katastrophe hinter uns. Das außergewöhnliche Privileg unserer Epoche liegt in dieser Umkehrung des Vorzeichens der Katastrophe. Das befreit uns von jeder künftigen Katastrophe und von jeder Verantwortung für künftige Katastrophen. Schluß mit jeder präventiven Psychose, keine Panik, keine Gewissensbisse mehr! Der Objektverlust liegt hinter uns. Wir brauchen kein Jüngstes Gericht mehr.»

Neben mir sagt die vertraute Stimme: Kämpfst du gegen mich? –

Nein, gegen die Not, dich entbehren zu müssen

Das grüne Buch in deiner Hand hindert mich, mit dem gelben zu kommen. Lies vor. Wo du gerade stehst. Oder wo es sich von selbst aufschlägt

Wie am ersten Tag wage ich kaum, die Augen zu heben. Als ich ihn endlich anschauen muß, hat sich erfüllt, womit ich gerechnet hatte, Ganymeds Körper im vertrauten Gewand ist blaß, einer Marmorstatue ähnlich, nur durchscheinender, ich gehorche:

«Nur um den Preis eines Mangels an Leben, eines Mangels an Genuß und eines Mangels an Tod ist dem Menschen ein Überleben möglich. Zumindest unter den gegenwärtigen Bedingungen, die das Prinzip von *Biosphäre II* aufrechterhält. [...] Die angeblich zum Untergang verurteilte wirkliche Erde wird hier von vornherein ihrem verkleinerten, klimatisierten Klon geopfert, [...] der den Tod durch totale Simulation überwinden soll.

Früher hat man die Toten für die Ewigkeit einbalsamiert, heute werden die Lebenden zu Lebzeiten im Überleben einbalsamiert. Soll man sich das wünschen? Soll man, nach dem Verlust unserer metaphysischen Utopien, diese prophylaktische Utopie schaffen?»

Weiter, sagt Ganymed, ich komme schon mit

«Heute glauben wir nicht mehr, daß wir unsterblich sind, aber gerade jetzt sind wir dabei, es zu werden. Wir werden unmerklich unsterblich, ohne es zu wissen, zu wollen und zu glauben, weil die Grenzen zwischen Leben und Tod verschwimmen. Unsterblich nicht als Seele, die verschwunden ist, und auch nicht als Körper, der dabei ist zu verschwinden, sondern als Formel, als Code. Es handelt sich also um Wesen, für die es bald keinen Tod und keine Vorstellung vom Tod mehr geben wird, ja nicht einmal mehr, und das ist das Schlimmste, die Illusion des Todes.»

Warum verbringst du die kurze Spanne Zeit, die dir noch bleibt, mit solchen Prophezeiungen? War unsere Odyssee umsonst?

Ich mußte eine Fahne nach der anderen verbrennen. Am Ende überkam mich eine so große Müdigkeit wie Odysseus auf dem Phaiakenschiff. Aber ich durfte nicht auf Ithaka aufwachen, auf einem verwüsteten Boden lag ich und hörte Pallas Athene sagen: Du hast im Drachenblut des Jahrhunderts gebadet. Nun mußt du stark genug sein, die Schlußfolgerung auszuhalten. Wie hätte ich damit zurechtkommen können? Ich hatte nichts gelernt, als aus den Labyrinthen der Welt wieder herauszufinden. Übrig blieb die weiße Buchstabenspirale auf der Rückseite des grünen Buchs und die Odyssee. Auf dieser Reise wollte ich die Quadratur des Kreises mit den gelben und grünen Würfeln finden. Vergib mir, auch wenn dieser Begriff nicht existiert, nicht bei euch.

Ganymed nimmt mir das grüne Buch aus der Hand, liest laut:

«Diese Unsterblichkeit ist das schlimmste aller Schicksale, denn der Tod war die schönste Errungenschaft des Menschen – der subjektive Tod, der dramatisierte Tod, der ritualisierte und festlich begangene Tod, der gesuchte und gewünschte Tod: durch ihn unterscheidet sich der Mensch von allen anderen Gattungen von Lebewesen, die mit einer natürlichen Unsterblichkeit ausgestattet sind, welche sie übrigens mit den Göttern teilen ...»

Ganymed tritt an die Reling, wirft das grüne Buch weit hinaus ins Meer. Sagt: Im Prinzip teile ich seine Meinung. Aber es ist destruktiv.

Baudrillard ist ein Mensch, dessen Gehirn mit der Entwicklung seiner Gattung Schritt gehalten hat – ich hab ihn im Kofferraum versteckt, das Wunder deines Erscheinens sollte damit nicht in Berührung kommen, ich wollte mich nur noch dem überlassen, wie du mich zu den Anfängen zurückführen würdest. Woher konntest du wissen –

Als ich sah, wie wichtig das Buch für dich war, mußte ich mich mit ihm vertraut machen. Wir lesen nicht,
wie könnten wir auch, wir durchdringen ein Buch, sein
Konzentrat – so verästelt die Beweisführungen sind –,
Essenz, Quintessenz erschließen sich uns sofort. Um
sofort wieder vergessen zu werden. Deine Zweifel an unseren Fähigkeiten sind damit hoffentlich ausgeräumt.
Und weil wir weder Treue noch Glauben von den
Menschen erwarten, mußt du dich nicht entschuldigen.
Wenn du noch eine Frage an mich richten willst, tu es
jetzt! –

Gibt es für Götter keine Vorstellung eines Unter-
gangs? –

Wenn Gäa noch einmal Titanen hervorbringt, die
den Ossa auf den Olymp türmen und obendrauf den
Pelion packen – doch das wäre Ouroborus, unser Wort
für Ewigkeit, die Schlange, die ihren Schwanz frißt. Ich
komme noch einmal gegen Abend …

Nichts mehr als in eine schattige Nische zu kriechen,
die Sonne steht jetzt senkrecht über dem Schiff, die Zeit
dickt ein, verdichtet sich wie im grünen Buch, das sich
im Meer auflöst. Wie lang ist ein Tag als Gefangene inmitten von Menschen, die Freiheit der Meere ist ein
Trugschluß, ich war eingeschlafen. Ganymed steht vor
mir in der Sonne, sie ist also nach Backbord gewandert,
er winkt, ihm zu folgen, ich sehe das gelbe Buch. Vor
den noch verhängten Glastüren des Speisesaals sagt er:
Es gibt keinen Fleck auf dem Schiff, wo wir ungestört
sind, nur in diesem Raum sind wir allein, öffnet den

Nebeneingang fürs Personal, geht zu einem Tisch an der Ostseite, zieht den Stuhl für mich zurück: bitte, setzt sich mir gegenüber, sagt: Nimm dein eigenes gelbes Buch aus der Tasche, das du bisher verborgen hast, ich möchte, daß wir den *Dreiundzwanzigsten Gesang* gemeinsam lesen. Gleichzeitig, nicht nacheinander. Des Odysseus Wiedererkennung durch Penelope:

«Und da fand ich Odysseus unter erschlagenen Toten
Stehen; die lagen um ihn, den harten Boden bedeckend,
Aufeinandergehäuft; es wäre warm dir geworden,
Hättest du ihn gesehen besudelt mit Blut wie ein Löwe.
Nun aber liegen sie alle bereits in Haufen am Hoftor;
Der aber schwefelt' die herrliche Halle, nachdem er ein großes
Feuer angezündet, und sagte, ich solle dich rufen.
Komm nun mit, daß ihr beide das liebe Herz auf dem Wege
Hin zur Fröhlichkeit führt, die ihr so viel Übel erlitten
[…]
Aber den großgesinnten Odysseus im eigenen Hause
Badet' Eurynome nun, die Wärterin, salbte mit Öl ihn,
Legte darauf um ihn den schönen Mantel und Leibrock.
Aber vom Haupte herab goß ihm viel Schönheit
Athene,
Machte ihn größer und voller zu schaun und sandte die Haare
Ringelnd vom Haupte herab, Hyazinthenblüten vergleichbar.
Wie wenn ein Mann eine Hülle von Gold um Silber herumlegt,

Kundig, ihn haben Hephaistos gelehrt und Pallas Athene
Mancherlei Kunst – zustande bringt er entzückende
    Werke –,
So goß lieblichen Reiz Athene um Schultern und Haupt
    ihm.
Und er stieg aus dem Bad, an Gestalt Unsterblichen
    ähnlich,
Und auf denselben Thron, von dem er zuvor sich
    erhoben,
Setzte er sich gegenüber von seiner Gemahlin und sagte:
Seltsame, mehr als anderen weiblichen Wesen erschufen
Dir ein unerbittliches Herz des Olympos Bewohner,
Hielte doch keine andere Frau so standhaften Mutes
Von dem Manne sich fern, der so viel Übel erduldet
Und im zwanzigsten Jahr ihr heim ins Vaterland käme.
[...]
Und sie hielt seinen Hals mit den weißen Armen
    umschlungen.
Und den Klagenden wäre erschienen das rosige Frührot,
Hätte Athene mit strahlenden Augen nicht andres
    ersonnen;
Hemmte sie doch den Lauf der Nacht am Ende und
    hielt auch
Am Okeanos auf die golden thronende Eos,
Ließ sie die Pferde nicht schirren, das Licht zu bringen
    den Menschen
Lampos und Pháeton, die als Fohlen fahren die Eos.»

Ganymed wußte, meine Augen können sein Gesicht nicht mehr trinken, mein Ohr seine Stimme nicht mehr hören, es sei denn im Zweiklang mit meiner, wir gehen aus dem Saal, er sagt: Keiner konnte uns sehen. Wir waren unsichtbar. Er gibt mir sein gelbes Buch: Den letzten Gesang kannst du ohne mich lesen, er wiederholt die Unterwelt, mit der wir die dreizehn Gesänge begannen. Im Totenreich wirst du den Menschen meiner Zeit noch einmal begegnen. – Der mich geführt hatte, ohne ein einziges Mal meine Hand zu nehmen, ist schon zurückgetreten, seine Hand, die linke, die Herzhand, fährt einen Kreis vor meinem Gesicht. Dann gibt es Ganymed nicht mehr.

Die Unerbittlichkeit des Abschieds habe ich ein Leben lang trainiert, Lakonik, auf Schritte übertragen, zum Imbißstand auf dem Vorderdeck, ein Sandwich, eine Flasche Wasser, Loutráki, ach, ja das paßt, es ist noch lange hell, ich sitze im Heck, einzelne Passagiere, zwei gelbe Bücher, ab und zu ein paar Zeilen vom letzten Gesang, die Toten fließen vorbei wie die Wellen, Hermes kommt noch einmal ins Spiel, ich lasse mich nicht mehr ein mit ihm, auch Götter können sich nicht übertreffen, das letztemal am stymphalischen See zeigte er mir schon die Asphodelenwiese, bescherte mir nicht mehr steigerbare Epiphanien von Reinheit, schickte mich zurück in den Schmutz wie stets, er kann nicht mein Psychopompos sein. Hätte er, wer sonst, Ganymed, als Verkörperung des Lebens, auf meine Spur gesetzt? Wer, wenn nicht er, hat ihm die Odyssee in die

Hände gegeben, um meinen Abscheu am Leben zu lindern, damit ich erkenne, es war noch nie anders beschaffen? Entsprechungen, was sind schon Nuancen, die Wiederholungen bis heute, Homer, Baudrillard, ach, ich wollte doch nicht einen mit dem anderen überlisten, sie waren für meinen so lang funktionierenden Verstand die letzten Rettungsbojen, und für die am Jahrhundertende sich endlich auflösende Seele … verzeih Ganymed, ich habe keine Verwendung mehr dafür, die Odyssee fliegt zweifach ins Meer, eine halbe Tagreise vom grünen Buch entfernt.

Die Sonne ist untergegangen. Das Schiff illuminiert sich. Bald bin ich allein an der Reling des Hecks. Woran könnte ich mich noch orientieren? Eros? Sind seine Metamorphosen unendlich? Er war der unzerstörbare Sündenbock für Männerschlachtfeste seit Helena. Pornographie konnte ihm nichts anhaben. Ich mag nicht wissen, ob er Internetsex, Fax-, PC-, Cybersex, elektronische Kopulationen übersteht. Nichts mehr, seit er an mir das Ausmaß seiner Macht demonstrierte; demütig, was ihn betrifft, nahm ich mein Alter seit einem Dutzend Jahren an, «in Kauf» für lebenslange Juwelen, da weckt er in einem absterbenden Körper noch einmal alles, was eine Frau fühlen kann: Eros umschwirrte mich, seit das Schiff in Venedig ablegte, brachte mir bei, wie man sein Geschöpf sein kann ohne den Schmerz der Vereinigung, der ja Trennung bedeutet, wie das geht ohne zehrende, verzehrende Sehnsucht nach einer einzigen Berührung. Eros bringt mir den von Eos gesättigten Liebhaber, den von einer unersättlichen Göttin gesättigten Gott, der nicht weiß, was er für den Körper, die Seele, den Geist einer alten Frau bedeutet.

Gäa. Sie ist so alt wie Eros und hat ihn doch unterwiesen. Mich hat sie ausgestattet mit allen Gaben, die eine Menschenfrau gerade noch erträgt. Und daß ich sie anwenden konnte. Erde, wie soll ich zu Erde werden, dein Boden wird knapp, immer schwieriger, darunter zu kommen, selbst wieder zu werden, woraus ich gemacht bin. Wenn sie mich nicht finden, werde ich Vögel und Füchse ernähren, Feuer ist nicht mein Element, zu oft sah ich Empedokles in den Ätna springen.

Die Nacht ist sanft, beginnt groß zu werden, hoch und weit, keine Zeit mehr für Sterne, der abnehmende Mond ist unversehens emporgestiegen

Als könnte ich auch nur einen Tag ohne ihn, ohne die Hoffnung auf diese Stimme, auf diese Kraft des Strahlens, des dunkelsten, des hellsten Strahlens, weiterfahren, allein

Als könnte man der Banalität eines Fährschiffs entkommen, *when I love shines a light* singt die Stimme aus einem Recorder neben mir

Als könnte ich leben ohne die vieltausend Jahre alte Trauer in seinem Gesicht, von der er nichts weiß, ohne den Mund, dessen Flügel in einem Strich enden, den kein Unsterblicher sieht, weshalb ich nie aufgab, bis ein Lächeln sich andeutet, bis die Lippen zum Lachen sich wölbten um den Preis meiner Seligkeit, so oft verscherzt

Ich hole den Medikamentenbeutel, aus der Bar eine Flasche Naussa, die Entscheidung ist gefällt, ich weiß jetzt, wem ich mich zuwenden muß, und wie es geht

Die erste Tablettenmixtur hinuntergespült mit Ganymeds Wein, meine Knie an die Reling gedrückt, ich übergebe den Paß, den Führerschein, ein Dokument nach dem anderen dem Meer, keine Ekstasen mehr, das Gehirn soll nachlassen, «lösen» sollen sich meine Glieder

Selene in der fünften Nacht nach dem Vollmond beginnt die Heckwellen in eine glitzernde Bahn zu verwandeln

sie gibt mir noch eine Chance, nachdem ich ihr am olympischen Strand entgegenging

bevor Ganymed mich umdrehte landeinwärts

es geht langsam   mein Gehirn wehrt sich
        ich schenke den Wein ins Glas für die zweite Tablettenmixtur

dabeisein   erfahren will ich es   nicht nur den Kopf unter die Guillotine legen

neben mir ein zweiter Stuhl für das Glas die Tabletten

laß die Arme durchs Geländer hängen

es wird Zeit die stets von mir Ausgesparte für diese Nacht Aufgehobene anzurufen   *Thetis*

mein Körper wird schwer

mein Gehirn geübt im Widerstehn

«Als die hochzeit gefeiert ward von Thetis und Peleus

Erhob beim glänzenden festmahl er sich Apollon»
warum gebar die Göttin des Meeres einen sterblichen Sohn
«Niemals wird er erkranken
Lang dauernd wird sein Leben sein»
Treulosigkeit heißt das Gedicht, Kaváfis der Dichter
«Und als Achilles wuchs und seine
Schönheit der ruhm von ganz Thessalien ward»
warum gelang es Thetis nicht ihren Sohn fernzuhal-
ten von Troja
sie kamen und erzählten es ihr
sie hat ihre Kleider zerrissen
sie hat ihren Schmuck auf die Erde geworfen
Erde   wo gab es Erde bei Thetis
sie schrie
«Wo weilte der Gott
Als man den sohn mir in erster jugend erschlug»
es wird Zeit für die dritte Tablettenration   das
letzte Glas Wein
ich kann den Kopf zwischen Gestänge der Reling
schieben
«Die Greise erwiderten ihr daß ER Apollon
Selbst nach Troja herabgestiegen und daß ER
Mit den Trojanern ER SELBST Achilleus erschlug»
die Leitungen reißen ab   lange Abstände
auch die Schultern lassen sich   durchschieben
der halbe Körper
das Gewicht nach vorn   verlagern

rechtzeitig
nicht zurück
Thetis' betrogene Mutter   nimm mich auf
keine   Signale   mehr
Ganymed   Thetis   Thetis
ich gleite hinab

In Venedig läuten die Glocken Mittag. Im Bauch des
Schiffs ist ein Auto übriggeblieben.

III Ouroborus

Eine Vorladung zur Polizeibehörde lag in Nadines Briefkasten. Irgendwann war es zu erwarten gewesen. Im Hafen von Venedig sei ein Pkw abgestellt, der bei der Entladung des Schiffes am 3. September zurückgeblieben sei. Aufgrund des Kennzeichens habe man sich nach einer angemessenen Frist an die hiesige Polizeibehörde gewandt. Im Auto habe man keinerlei Hinweise auf den Fahrer des Wagens gefunden, nur eine Reisetasche mit weiblichen Kleidungsstücken. Inzwischen sei die hiesige Polizeibehörde nicht untätig gewesen. Man habe recherchiert und sei auf eine Postvollmacht gestoßen, Fotokopie anbei, infolgedessen sei Nadine bisher die einzige Adresse für derlei Mitteilungen. Nein, sie könne keine Auskünfte über den Verbleib von Julia geben, sagte Nadine. Immerhin seien erst fünf Wochen vergangen seit ihrer Abreise. Weil der Fahrzeugbrief jedoch auf Julias Schreibtisch liege, sei sie bereit, das Auto abzuholen und die Lagergebühr zu bezahlen. Danach erhielt Nadine ein Ermächtigungsschreiben anstelle des fehlenden Kfz-Scheins.

Den Inhalt von Julias Briefkasten legte Nadine in den Apfelkorb im Hausflur, versorgte sich mit Zahlungsmitteln und fuhr mit dem EC Leonardo da Vinci nach Venedig. Fand ein Bett in Bahnhofsnähe. Auch ohne den nächtlichen Alptraum hätte Nadine nicht den geringsten Appetit auf die Serenissima unter den Städten gehabt. Absolvierte am nächsten Morgen den Instanzenweg, bis im dritten Gebäude am fünften Schalter der letzte Stempel aufs Formular gehauen wurde, mit dem sie das Auto samt Schlüssel ausgehändigt bekam.

Der September neigte sich seinem Ende entgegen. Neigen, was neigte sich nicht alles, während Nadine den Schlüssel im Zündschloß drehte; das Jahrhundert, das Jahrtausend, ihr Leben ging zur Neige, bei der ersten Möglichkeit anzuhalten, vor einer Espressobar, neigte sie sich über den Kofferraum, der sich öffnen ließ trotz einer kräftigen Beule. Haben sicher die Kerle auf dem Schiff gemacht. Außer wenigen Kleidern, Badezeug, Wäsche, einer Decke, einer Matte, Becher, Teller, Holzbrettchen, Messer, Gabel, Löffel in einem Etui, der Kaffeelöffel fehlte, fand sie nichts. Auf der Gummimatte des Autobodens lagen verstreut etliche Steine, Müschelchen, vertrocknete Cyclamenblüten, am Fenster steckten zwei Rabenfedern, eine braune Raubvogelfeder. Wird ja wohl nicht von einem Adler stammen.

Wie weiter? Nur eins wußte Nadine: so langsam wie möglich nach Norden. Umwege, Pässe ausnutzen. Nicht nachdenken, grübeln, nichts, nichts als am Lenkrad von Julias Auto nicht trauern, wo immer sie jetzt ist, was hinter ihr liegt, was ihr bevorsteht, ob sie es überstanden hat, einerlei. Angst vor der Autostrada, die Nadine noch jedesmal an den falschen Ort gebracht hatte, weil sie die richtige Ausfahrt versäumte. Also ließ sie einen Taxifahrer so lang vor sich herfahren, bis sie auf der richtigen Nebenstraße durch die Dörfer sein würde. In Scorzè bezahlte sie ihn. Dem Weichbild Venedigs entronnen, was konnte noch passieren. Genug gewarnt, genug bestraft für ihre Verdrängungen am Steuer. Immer neu der unerbittliche Hinweis «Autostrada». Zum drittenmal war sie der Tafel mit dem Pfeil nach links gefolgt; kurz bevor es zu spät war, riß sie jetzt das Auto auf einen kleinen bepflanzten Platz. Dann krachte Nadine gegen einen mannshohen Felsen. Das erste, was sie bemerkte: Ich bin angegurtet, was so gut wie nie geschah. Das zweite: Der Felsen war ein Denkmal. Das dritte: kein Mensch weit und breit. Sie konnte sich bewegen. Nichts war kaputt an ihr. Aussteigen. Zur Motorhaube tappen. Die glich einer Ziehharmonika. Das war einer der Augenblicke, in dem Nadine zu funktionieren begann. Sie stieg ein, drehte den Zündschlüssel, etliche Warnlämpchen flammten auf, doch das Auto ließ sich rückwärts fahren. Danach ließ es sich wenden. Danach probierte sie sehr vorsichtig den ersten Gang: Es fuhr. Die Warnlämpchen funkelten weiter. Sinnlos, jetzt anzuhalten. Vielleicht fuhr es danach nie wieder. Dazu die Angst, auf der Gendarmerie zu landen. In Bassano di Grappa dann doch freiwillig auf die Autostrada. Im Tal der Brenta bleiben. Wenigstens bei Salurn. Alto Adige. Und dann? Weiterfahren. Vor Bozen begriff sie, das Benzin geht zu Ende. So viele Dörfer wie möglich Richtung Meran. In Terlano reichte es noch bis zur Tankstelle. Der Junge war kaum achtzehn. Öffnete zuerst die Motorhaube. Sagte: Sie kommen nicht mehr weit. Es ist alles kaputt. Ölwanne, Radlager, Achse, Kardanwelle, Hydraulik. Sie bluten ja. Was ich nicht begreife: Die Scheinwerfer brennen. Die Blinkanlage funktioniert. Der ADAC kann das Auto nach Deutschland transportieren. Fahren Sie mit dem Zug zurück. Es wird bald dunkel. – Mit dem Dialekt hatte Nadine keine Schwierigkeiten. Ich brauche das Auto nicht mehr, sagte sie. Wenn Sie es reparieren können, schenk ich es Ihnen. Der Junge sagte: Mein Führerschein ist erst zwei Wochen alt. Ich fahre trotzdem seit drei Jahren. Im Sommer helf ich dem Großvater auf der Alm, es ist weit von hier. Zweitausend Meter hoch. Ein Dutzend Kühe. Es hat früh geschneit. Wir mußten schon abtreiben. Im Winter kann ich hier Geld verdienen. Für ein gebrauchtes Auto. Bis Allerheiligen hab ich Ihres in Ordnung gebracht. Dann zünd ich Ihnen eine Kerze an. – Rufen Sie mir ein Taxi nach Meran, sagte Nadine. Im Handschuhfach fand sie eine Karte von Griechenland, versehen mit vielerlei Kritzeleien, Markierungen. Nahm die drei Federn mit. Einen Wollpullover von Julia, die Windjacke, den Rest ließ sie zurück.

Über der Dämmerung in Meran glänzten noch weiße Gipfel im Licht. Hinter der Pfarrkirche verließ sie das Taxi. Keuchte mit dem Gepäck die immer steileren Stufen hinauf. Fand das Haus auf halber Höhe des Wegs. Konnte das schwere eiserne Gartentor, längst nicht mehr verschließbar, aufdrücken. Auf dem Fensterbrett unter dem Agaventopf fand sie den Schlüssel. Das Freundespaar war auf Bergwanderung in Nepal. Für Nadine stand immer ein kleines Appartement bereit: ein Tisch am Fenster, die Schreibmaschine, der Stuhl, das Bett, ein Schrank, die kleine Küche, die Duschnische. Dann saß sie lang unterm offenen Fenster im lauen Nachtwind. Bis sie wußte: Julias Auto hat seine Aufgabe erfüllt. Es ließ mich gegen den Felsen krachen.

Am nächsten Morgen kaufte Nadine am Pfarrplatz Brot, Äpfel, Feigen, Oliven, Gemüse, Salat, Reis, Pasta, Öl, Schreibpapier, Tipp-Ex, Bleistifte und war sicher: Sie würde Geduld haben. Viel Geduld, wunderbare Geduld, ohne Telefon, Radio, Fernseher, Zeitungen, Post. *Die Verlangsamung der Zeit einüben. Julias Geschichte erfinden.* Graue blaue schwarzwolkige Himmel, Schneegeriesel, Sturmgeheul, Sonne dünstete die letzten Früchte gar, Herbstblumen im verwilderten Garten, am Steilhang hinterm Treppengeländer, nachts tötete Nadine im Kalender die Tage mit einem schrägen Strich.

«Julia wollte aus der Welt verschwinden ... Ihren Namen hatte sie schon aufgegeben ...» Das Gewimmel im Tal drang nicht bis zu Nadine. Eine Burg über ihr hieß Schloß Tirol. Eine andere hieß Brunnenburg. Ezra Pounds Familie lebt dort. Nadine fühlte sich geborgen. Julias Griechenlandkarte bedeckte den ganzen Fußboden. Rosa und zartgrüne Leuchtfarbenstriche offenbarten Wünsche. Tiefschwarze Filzstiftmarkierungen schie-

nen alles zunichte zu machen. Böse Querriegel geboten Einhalt. Die militärischen Symbole konnte Nadine nicht deuten. Manchmal lag sie stundenlang auf der Karte. Schlief darauf ein. Doch es gab keinen anderen Weg, in die Nähe von Julias Geheimnis zu gelangen. Nach etlichen Wochen wurde sie vom einen, vom anderen Traum an die Hand genommen. Die Blätter färbten sich, auch der Oktober neigte sich seinem Ende entgegen, dann sah sie zum erstenmal, wie ihre Lieblinge unter den Bäumen rot wurden, kein Laubrot, ein anderes, hell brennendes, transparentes Rot, schwebendes Filigran der Lärchennadeln.

Nadine stand vor dem Bücherschrank der Freunde, suchte die Odyssee, fand neben Dantes *Göttlicher Komödie* die *Cantos* von Pound, die *Pisaner Gesänge*, rettete sich zu Voß und Schadewaldt, um nicht zu ertrinken, bis sie festen Boden unter den Füßen spürte: in diesem neuen gelben Reclamband, noch auf dem geöffneten Packpapier der Buchhandlung liegend, mitten auf dem Eßtisch. Oskar Kokoschka gewidmet, dem wenigstens war sie noch begegnet; der Name des jüngsten Übersetzers, Roland Hampe, war ihr unbekannt.

Nachts tat ihr Fußknöchel weh, der sich zu spalten anfing; vor drei Jahren die letzte schmerzlose Anstrengung, ein Abstieg von Burg Tirol fast senkrecht ins Tal durch die Macchie, als sie den Freunden beweisen wollte, was sie in den Heimatbergen gelernt hatte.

Allerheiligen, ob der Junge mit Julias repariertem Auto heute zu seinem Großvater fährt? Warum fällt mir der Name Villanders ein? Villanderer Alm hieß ein Gedicht von Julia. Wenigstens gab es genug Efeu und immergrüne Hartlaubgehölze ums Haus und auf Nadines Morgengang zum Brot und was der Mensch braucht. Jetzt brauchte sie einen kleinen Radiator, um die Füße unter der Schreibmaschine warm zu halten, damit der Kopf kühl bleiben kann. Als es spät hell und früh dunkel wurde und kalt in der Stadt, sah Nadine Frauen in Pelzen, leichten flockigen und dichten Fellpelzen, Häuten von Tieren, Ozelot, Pardel, Puma, und den im Meer gewachsenen Kurzhaarfellen der sanften durchs Wasser gleitenden Robben; Damen, die hier überwintern wollten, einheimische Bürgersfrauen in kalte Kirchen tretend, die Pelzläden blühten auf, was war passiert? Seit Julia mit Bernhard Grzimek unterwegs gewesen war und für Horst Stern schrieb, mußten weniger Wildtiere sterben, Königinnen zeigten sich nicht mehr im Naturpelz, bunten Kunstpelzen begegnete man im Straßenbild ...

Im Dezember telefonierte Nadine mit Tübingen; man hatte noch immer nichts von Julia vernommen. Man habe sich Nadines Vorstellung angenähert: Warum sollte Julia nicht im Süden überwintern, auf Kreta, Zypern? Man gehe vorerst davon aus. Zu einer Stunde, als die Pfarrkirche leer war, steckte Nadine viele Kerzen auf die eisernen Ständer, zündete alle mit einer an: Julia, es ist schön, unterwegs zu sein mit dir ...

In der Silvesternacht ging Nadine die Passer aufwärts; die Winterpromenade führte zur Bank über der

Gilf, Nadine wollte erfahren, ob ihr Rauschen die ver-
einigten Kirchglocken übertöne. Es war kein Aufwand,
sie brauchte nur das linke Ohr der Schlucht entgegen-
zuhalten, das rechte nahm keine Differenzierungen
mehr wahr. Der abnehmende Mond schien warm minus hundertfünfzig Grad, eine reife Orange im dunk-
len Himmelslaub, dazu wehte vom Sternenhimmel ein
lauer Föhnsturm. Nadine fingerte in den Taschen von
Julias Anorak nach einem Tempo gegen die lästigen
Tränen, fand einen Fetzen Packpapier, klebrig, ver-
schrumpelt wie eine getrocknete Feige, entzifferte mit
der Taschenlampe die verwischte Schrift:

MOIRA

An einem späten Sommertag
hat sie mich ins Auto geschickt
frag nicht
nicht wohin
nicht woher
wer du warst
frag nicht wer du sein wirst
frag nicht wer du bist
fahr
frag nicht
ich lasse dich
noch einmal ankommen
weil du gelernt hast:
der Rest gehört mir

Auf dem Rückweg, der letzte Feuerwerkskörper war verglüht, fiel Nadine der Satz ein, der ihre Geschichte zum Ende führt: «Seine Hand, die linke, die Herzhand, fährt einen Kreis vor meinem Gesicht. Dann gibt es Ganymed nicht mehr.»

Dank

Verlag und Autorin danken dem Merve Verlag für die freundliche Abdruckgenehmigung von Passagen aus Jean Baudrillard: *Die Illusion des Endes oder Der Streik der Ereignisse*, übersetzt von Ronald Voullié. Berlin 1994;

dem Philipp Reclam jun. Verlag für die freundliche Abdruckgenehmigung von Passagen aus Homer: *Odyssee*, übersetzt von Roland Hampe. Stuttgart 1979.